御我 / 著　九月紫 / 繪

林芝香

【生平描述】

從小認為自己是天煞孤星，在父母雙亡後，遠離親哥哥，也不敢與他人往來，成為獨來獨往的孤僻學生，直到被路揚和姜子牙所救，發現真相是自己擁有咒詛天賦，正努力化解自己詛咒自己的窘境。

「預測指數一覽表」

戰鬥指數：20

體質指數：40

輔助指數：80

生平最愛：哥哥

生平最恨：害她的道上人

又愛又恨：咒詛能力

專屬武器：法術系

【生平描述】

路揚的母親，清微宮女道士，
長年與劉易士在國外解決各種案件，個性大剌剌，
傳說就學期間曾是知名大姐頭人物，
名言是能夠用暴力解決的事情就別浪費開口說話的時間。

生平最愛：老公與孩子
生平最恨：作孽的妖物
又愛又恨：清微宮
專屬武器：銅錢鍊

「預測指數一覽表」
戰鬥指數：80
體質指數：60
輔助指數：20

路樂

生平最愛：家裡的救命恩貓
生平最恨：派他去接手「特殊案件」的人
又愛又恨：路揚
專屬武器：警槍

預測指數一覽表」
鬥指數：60
質指數：60
助指數：30

胡立燦

【生平描述】

警察局小隊長，因緣際會之下接到幾樁特殊案件，從此被指派為此類案件負責人，目前最重要的業務是天天給路揚奪命連環叩，用各種方式威逼懇求利誘對方接下案子。

GOBOOKS
& SITAK
GROUP©

三日月書版

三日月書版

上冊
御我
九月紫 繪
幻虛真系列
殤九歌
喚名一次成幻，喚名兩次成虛，喚名三次終成真。
你知道身邊的事物有多少是真，多少是假嗎？
御我
作品集
FXO1008
三日月書版

殤九歌

幻虛真系列

殤九歌

楔子

姜子牙深呼吸一口氣，覺得伸頭一刀，縮頭也是一刀，正想按門鈴的時候，旁邊的路揚已經搶先按下去。

生鏽的油漆鐵門發出難聽的磨擦聲後，開啟一條小縫，從中露出一雙混濁無神的眼睛……

「妳、妳好，我們是簡志的同學。」

大門頓時敞開，一個老奶奶眼含淚光，先是撇過頭去擦擦淚，隨後笑著連連招手：「是簡志的同學啊！緊進來，外面太熱啦，別在外面傻站著，緊進來。」

姜子牙和路揚先是互看一眼，隨後又看了看後方，這才跟老奶奶進去。

「打擾了。」

兩人走進大門，仔細觀察周圍環境，屋舍老舊，庭院倒是不小，只是雜草橫生，許多盆栽在炎熱天氣之下看起來都懨懨的。

白天的走廊沒開燈而顯得昏暗，走進客廳也是沒開燈，牆邊的雜物堆了不少，桌子上還攤著許多相簿。

姜子牙看了路揚一眼，後者對他點了點頭，姜子牙這才鬆了口氣。

老奶奶知道自家髒亂，有些侷促地解釋：「我老啊手腳壞，都無整理，真亂，真拍謝，你先坐，奶奶去給你們泡茶，拍謝，奶奶家無飲料。」

姜子牙連忙說：「茶很好。」

路揚姿態自然，大剌剌地坐下，笑著說：「我家也喝茶，我阿公不准家裡買飲料，他講飲料對身體不好。」

聞言，老奶奶終於放鬆一點，不再那麼緊張，還說：「你阿公講得對啦，喝茶是卡好！你們先坐一下。」

說完，老奶奶離開走去廚房。

姜子牙總算放鬆下來，問道：「看來第一關是過了吧？」

路揚無所謂地說：「老人家老眼昏花，剛見面很容易就過關，後續長時間相處才是問題。」

聽到這回答，姜子牙憂心忡忡地問：「那到底行不行啊？」

「應該沒問題。」路揚看了看環境，昏昏暗暗光線不足，倒是絕佳的環境。

老奶奶放下茶盤，擺了三個杯子，好奇地問：「你們三個怎麼有空過來？學校不用上課嗎？」

聞言，姜子牙立刻說：「學校放暑假了。」

其實時間還不到暑假，但是發生那麼多事情，學校怎麼還能當作沒事發生繼續上課，乾脆就給學生提前放暑假了。

「是這樣喔？」老奶奶搞不清楚時間，偷看了第三人好幾眼，忍不住：「這是外國學生喔？生得真水真好看，女孩子真害羞，頭都不敢抬起來，不要害羞啦，奶奶不會咬人。」

重頭戲來了！姜子牙打起十二萬分精神。

「他是男生，叫做簡摯，是混血兒，一直住在國外。」

這名字一出，老奶奶的臉色就變了。

「是真摯的摯。」姜子牙連忙解釋：「他和簡志是網友，認識很久了，這個中文名字也是簡志幫他取的，後來他決定作交換學生過來念幾年書……」

姜子牙覺得自己把這輩子瞎掰的功力都用上了，而且簡志簡摯兩個名字念起來都是簡志，簡直有夠混亂啊，早知道就不要給天使取這個名字！

事到如今，他只能硬著頭皮瞎掰：「簡志本來說他過來以後可以住他家，可現在，呃……總之，他沒地方住了，所以想問奶奶可不可收留他，他會付房租──」

「啥咪房租，免啦！」老奶奶豪氣地說完，又溫言道：「乖孩子，你抬頭讓奶奶看一下。」

在門外，簡摯戴著頂鴨舌帽，帽簷壓得低低的看不清眼眉，進屋後脫下帽子，也一直低著頭，及肩的棕色長髮遮了大半張臉，深怕被看出問題。

這時聽到老奶奶的要求，他不得不抬起頭來，露出一張精緻的瓜子臉，經過林芝香的調整，長相從天使回到人類的範疇，但仍舊漂亮得不得了，還有雙深藍色的眼睛，這容貌比起當紅的明星也不遑多讓。

路揚覺得這臉太過張揚，容易引起注意，奈何拗不過林芝香，簡摯本身也不希望全部改掉，他說簡志認為天使就是長這樣子，所以他才會長成這樣，不希望換掉自己的臉。

姜子牙覺得反正路揚這道士都是一副混血模特兒模樣了，還有什麼更張揚的嗎？

「你生得真水！可惜是男生。」聽到孫子的事，老奶奶忍不住追問：「你和簡志真好喔？你們認識多久啊？」

簡摯立刻點頭，「十幾……五年了，我很喜歡簡志。」

「這樣喔，奶奶都沒聽過簡志說過你。」

姜子牙嚇出一身冷汗，急急地解釋：「他本來沒有中文名字，兩人也只有在網路認識，沒有見過面，可能是這樣，簡志才沒說吧！」

老奶奶恍然大悟，說：「可能簡志他講過啦，那什麼英文名字，還是網友，奶奶我哪可能記得。」

簡摯認真地說：「奶奶，我可以跟妳住嗎？我會做家事，也可以打工賺錢買禮物給妳。」

做家事乃至於打工賺錢買生日禮物什麼的，當然是簡志曾經做過的事情，簡摯是打定主意要把簡志以前做的事情都攬下來了。

路揚無言了，打工個頭喔，你一個附身在屍體上的守護靈，拜託好好待在昏暗的鬼屋裡，別到處趴趴走好嗎？你就不怕太陽光一照，立刻露出真面目嗎？可不是天使的真面目，而是屍體的真面目。

搞不好還會發臭呢！路揚覺得頭大，回去問問阿公要不要防腐好了，天使這種狀況，他只在古籍中看過類似案例，現實還真沒遇過！

若不是徐喜開他們亂搞，天使要附身在屍體上，宛如活人般活動，根本是不可能的事情。

姜子牙對門的兩隻娃娃都沒這能耐在大太陽底下亂跑。

「簡志給你講過喔？」老奶奶笑得挺開心：「他那個傻孩子跑去打工，給我買啥咪生日禮物，哎呀，浪費錢喔！」

簡摯點點頭，「奶奶穿紅外套好看！簡志看了很久。」

聽到紅外套，老奶奶再無懷疑，她家簡志就是給她買了一件紅色外套，聽說是羊毛做的，貴得呢！穿起來有夠暖有夠輕……

想起親孫兒，她低頭老淚縱橫，搞不懂孩子怎麼上個學就沒了。

簡摯走上前，輕拍著老奶奶的背。

「你來住吧，啥咪房租不用講了，當作來跟奶奶作個伴。」

這期間，路揚拉住姜子牙，躡手躡腳地離開客廳，後者剛開始還以為是怕奶奶哭著尷尬，所以才避開，結果路揚卻拉著他，就這樣走出去了。

姜子牙訝異地說：「我們就這樣走了？把簡摯一個人直接留在那邊，這樣不好吧？」

「就是這樣才好，我們兩個大活人在那裡只是個干擾。」

路揚老神在在地說：「我們的任務只是帶簡摯進去，給他一個合理的理由留下，只要老奶奶不起疑，之後的事情就交給記憶這個不可靠的東西自個兒去圓謊吧，時間一久，奶奶說不定會把簡摯誤以為是另一個孫子還是怎麼樣。」

記憶不可靠……

姜子牙回頭看了生鏽的油漆大門，一個恍神，似乎看見自家公寓的不鏽鋼鐵門。內門沒有關，從外門的欄杆縫隙看進去，一個熟悉的背影正抱著哭泣的小女孩，那女孩的長相……姐……

鈴鈴鈴——

路揚看了手機顯示來電一眼，直接按下擴音鍵，讓姜子牙一起聽，但一眼瞥過去，卻發現姜子牙一副嚇到的模樣。

他感到莫名地問：「怎麼——」

「事情成功了嗎？」手機傳來林芝香著急的詢問：「奶奶有懷疑嗎？簡摯成功留在奶奶家了嗎？」

「成功了。」姜子牙回道：「簡志的奶奶沒有起疑。」

「太好啦！」

林芝香高興得差點原地跳起來，她對這件事情擔心到不行，卻不敢親自過去，這個要命的「自己詛咒自己」的能力沒徹底解決之前，她可不敢上簡志奶奶家。奶奶年紀大了，隨便出個什麼事，林芝香覺得自己要上吊去跟簡志道歉才行。

「既然簡摯的事情解決了，為表感謝，我請你們吃個飯，可以嗎？」林芝香試圖矜持一點，但是實在忍不住，一緊張話就多，「吃中式餐廳好嗎？我知道你們喜歡吃火鍋，但是我姪子年紀小，吃火鍋怕危險……」

姜子牙哭笑不得地說：「吃什麼都行，我和路揚都不挑食，妳約好，時間地點發過來就好。」

「今天吧！就今天晚上！」

「好好好——」

鄰家芝麻香糕：芙蓉香中餐廳，時間：今晚七點，地點：中巷市……

這是早就預約好了吧？姜子牙看著手機的訊息，連地圖和交通資訊都附上了。

姜太公釣魚中：收到！七點準時抵達！

他倒是能理解林芝香的著急，要是自己很久沒看見姐姐，還從來沒見過姐姐的小孩，首次能見面，恐怕也是這麼興奮吧？

「林芝香說今晚七點，路揚你確定能到吧？」

姜子牙抬起頭來就看見路揚盯著自己不放，他摸了摸臉，問：「怎麼了？我臉上有什麼不對嗎？」

路揚偏著頭看了看，露出大白牙笑說：「不，什麼都沒有，只是沒我帥。」

「……我們還是拆伙吧。」

「沒得拆，我們命中注定是伙伴！」

「我要寫個慘字……」

殤九歌

CH.1 新手剛出道

節之一：騙人的故事

想剔牙：你在哪？

姜太公釣魚中：九歌啊，剛不是跟你說下午要去書店幫老闆看店。

想剔牙：喔，只是確定你有順利抵達，沒又不小心掉進哪個界。

姜太公釣魚中：……真想好好待在地球。

難喔！路揚收起手機，按下門鈴，往後一瞄，確認後方的門沒有動靜。

前方的門打開了，一個俊帥不輸天使的吸血鬼笑著說：「歡迎，請進。」

路揚覺得自己也想好好待在地球，但就是被逼到不得不朝火星飛。

「大白天你就來應門，不怕被看出問題？」

路揚沒有姜子牙那雙眼，都能看見不少破綻，眼珠的反光亮成這樣，玻璃做的吧？如果今天敲門的不是他，是郵差或鄰居呢？

管家笑著讓開一條路，同時解釋：「主人不想應門，而我負責開門至今並沒有出過大問題，人們總覺得是自己看錯了，或者只是裝飾品。」

路揚踏進門，一眼看見身穿華麗神父袍的金髮青年正拿著一本發光的書，手上不停比畫，看著很像是自家父親的驅魔手勢，喔，對了，管庭上禮拜剛開始跟自家父親學習驅魔。

比起管家，管庭的俊美也不輸簡摯，甚至更加張揚耀眼，走出去絕對是萬眾矚目的焦點。

路揚突然覺得自己真是想多了，比起御書家這兩隻，被林芝香修正過後的簡摯真是一點都不出格！

這年頭的妖都這麼高調嗎？路揚懷疑地問：「妳讓他們去倒垃圾，真沒有引起半點懷疑？」

長沙發上，穿著背心短褲的女人扭曲地癱在那裡，嘴裡咬著吸管，手上端著一大杯西瓜汁。

「這年頭，把眼白刺青刺成黑色的人都有，在街上玩角色扮演的人那麼多，再奇怪都不夠奇怪，管家和管庭的破綻隨便都能掩蓋過去。」

這倒也是。路揚有時都得回頭多看一眼，確認那真的是個人，而不是妖物。

「本來還是要低調一點，免得被你們這些斬妖除魔的傢伙發現，但現在嘛，你家的清微宮、你爸的教會和九歌聯手蓋章，保駕護航，我家孩子都能在中巷市橫著走了，幹嘛低調呢？」

御書挖苦地說：「我都在考慮要不要乾脆讓他們出道，造福萬千少女的眼睛。」

「千萬別！」路揚知道御書是故意這麼說，但還是覺得頭皮發麻，深怕這事成真，後續無法收拾。

「說吧，今天來幹嘛？」

御書知道這傢伙無事不登三寶殿，不像姜子牙天天來串門，從不把自己當外人。

路揚煩躁地皺緊眉頭，還是不知該從哪問起，然後面前就被放了一杯冰涼西瓜汁。

管家溫和笑問：「還要來點小蛋糕嗎？或者手工餅乾？」

「不、不用，謝謝……」

路揚滿頭黑線，想想對方幫了那麼多忙，他還是給面子地吸了兩口西瓜汁，沒想到這冰涼清甜的飲料還真能壓下滿心的煩躁，喝著還挺舒服的。

心情也夠複雜，路揚感嘆地問：「御書妳當初為什麼會想養幻？」

還養得這麼好，他從沒見過情緒這麼穩定的妖，雖然是相對安全點的幻妖而非器妖，但能夠如此穩定，也是極為罕見。

御書冷冰冰地說：「如果你是來問我的事，門口在那邊，自己滾著出去。」

路揚只得趕緊澄清：「不問妳的事，我來問對門的事情。」

御書皺眉，整個人坐起身來，西瓜汁朝桌上重重一放，罵道：「問什麼問？你做這行這麼久，還不知道有些事不問更好嗎？對門的水深，沒事別問東問西！」

路揚低聲說：「子牙最近常發呆，表情有時驚訝有時恍惚，但回神後卻好像沒這回事。」

聞言，御書皺眉，天氣熱心裡煩，又拿回西瓜汁吸吸吸，偏偏兩枚蠢兒子一聽到姜子牙的名字就排排站，一臉擔憂，想也知道是在擔心誰。

旁邊還有個混血模特兒用期盼的眼神看過來，這到底是什麼美男的誘惑，御書覺得色誘什麼的真是要不得，一個不小心就要失足。

嘆了口氣，她無奈地開口說：「我五年前遇到了一點事，記憶混亂，分不清哪些記憶是真，哪些又是假，不是我不想告訴你關於對門鄰居的事情，是我根本想不起來他們什麼時候就在那裡了，我只要出了家門口，記憶就不可靠，回到家還得仔細梳理記憶，才能把外頭遇見的事情分清真假。」

原來如此，所以才這麼不喜歡出門嗎？路揚懷疑地問：「但妳真的什麼都不清楚？」

一個可以根據少少線索推測出真相的女人，讓他和姜子牙每次都忍不住求援，欠下一堆人情債，在發生這麼多事情後，她真有可能什麼都沒推想出來？

御書一揮手說：「唉，你別多想，我在這屋子裡想想沒關係，不影響什麼，你出去後想太多，可能會出大事，所以乖乖去斬妖除魔，其他的別想了。」

這可不是路揚想要的答案，他也知道不能深想，但最近實在看太多次姜子牙的異狀，覺得再這樣下去不行，今天才會過來。

「但子牙他——」

「他的事你不用管，我猜有人會去補漏洞。」

「誰？」

這個嘛～御書把話在腦中過了一遍，才說：「他爸應該還活著。」

「我也是這麼想。」路揚委婉地表達這點不難猜。

「而且根本沒失蹤。」

路揚沉默思考，不解地問：「這是什麼意思？難道他就在附近？」

「在哪我是不知道，但肯定隨時都能到這裡。」

聞言，路揚想想也覺得不是不可能。

「我是這麼猜啦，他家的車禍意外大概率不是真的，或許是真實之眼的事情洩漏引來敵人，他媽是不是真的死了也難說，他爸失蹤這事或許是為了讓兩姐弟置身事外，總之他爸不會害親生兒女，所以你別多管，免得弄巧成拙，白費他爸的謀畫，最近我會多看著對門一點，有問題隨時找你！」

路揚想了想，真覺得御書這推論有道理，他本來就覺得車禍這事有點詭異，說不定整件事就是假的，所以姜子牙才恍恍惚惚。

既然姜尚極有可能還活著，那就不可能不管姜子牙和他姐，多半有什麼問題不能出面，逼他出來可能也不是好事。

路揚想通了，確實不該多插手，點頭同意：「那妳多看著點，懶得出門就打電話給我。」

「那電話費？」

「我出！」

御書滿意了，比比門口，說：「西瓜汁喝完就滾吧，我要趕稿了。」

路揚很懷疑趕稿這個說法，低頭認真喝西瓜汁，離開前還回頭不放心地看了看御書，還是歪七扭八的癱法，看著就十分不可靠。

路揚沒忍住，暗暗看向管家，後者瞬間領會，朝他眨了眨眼表示自己會注意。

路揚覺得這比託付給御書還令人安心，卻又突然領悟不對，自己從什麼時候開始習慣跟妖求援了？他連忙閃人，留下一個落荒而逃的背影。

房門一關上，管庭就說：「妳在騙他嗎？」雖是問句，語氣卻很肯定。

御書哼了一聲：「我是作家，專長就是編故事，這是本職，跟『騙』這個字沒有關係！」

管庭興致勃勃地問：「哪句話是騙人的？姜子牙他父親是死了嗎？還是車禍其實是真的？還是——」

「主人說的每個字都是故事。」管家一邊倒西瓜汁一邊說。

姜子牙一到九歌就先去打開音樂電臺的廣播，讓書店有點音樂聲，但正巧是新聞時間，只有主播嚴肅且快速的播報。

「戰國時期的出土文物在臺展出期間，展場屢次遭到不明人士破壞，目擊者指出是名高大的男性，穿著打扮……警方呼籲民眾提供線索……」

不知道路揚有沒有興趣看展覽？姜子牙邊聽邊在櫃檯查看今日新進的書，但首先要移除書上面的巨大障礙物，他開口說：「讓讓。」

幽怨的老闆只好朝旁邊挪移，靠在書上的下巴改靠到桌面上，整個人彎成C字形，頭靠在桌面上，看起來更頹廢了。

點著書目，姜子牙驚奇地發現御書竟連出三本書，難怪最近她都癱在沙發上，本來還以為是天氣太熱呢！

將一疊書拿去上架，姜子牙一如往常把御書的書放在最顯眼的地方。

「老闆，陳姨最近會來嗎？她好久沒來了，幫她留的書積了很多，你要不要通知她來拿？」

傅太一趴在櫃檯上，哀怨地說：「她跟她老公出國去了，哪管得上這幾本書，你就放著吧。」

「出國旅遊嗎？應該挺好玩的。」

話雖這麼說，但姜子牙對於出國沒有什麼執念，他都沒來得及帶姐姐一家到國內各處玩，不急著去國外。

「主要是去找找同伴有沒有可能在國外。」

姜子牙一愣，小心翼翼地看向老闆，後者正笑吟吟地看著他，看起來完全不像是一時說溜了嘴的模樣。

他訝異地問：「找九歌的同伴嗎？」

「是啊。」

姜子牙躊躇地不知該不該繼續問下去，雖然真的很好奇九歌的事，但老闆突然這麼坦白，感覺就沒什麼好事，身為一個不小心就會讓妖升級的傢伙，他真的不敢大意。

但老闆幫了他們這麼多……姜子牙小心翼翼地回應：「要找齊是真的很難吧？世界這麼大，要上哪找人，你沒有別的辦法聯絡他們嗎？」

傅太一嘆道：「他們會主動出現在東皇太一的身邊，最起碼會出現線索可以找尋，但這線索往往轉瞬而逝，若是沒有抓住，或許就沒有第二次機會。」

這可真難，姜子牙覺得若是他，八成連一個都找不著。

「缺失千年的同伴，找得近乎絕望，你可願幫我？」

姜子牙看向櫃檯，那瞬間彷彿看見穿著玄色長袍的東皇，優雅卻閒適地斜倚著桌子，手輕輕撫著日芒面具。

東皇看過來，沒有以往總是帶著俯視世人的意味，卻是眼帶輕愁。

姜子牙大驚，這絕對是一個邀約，還是找九歌的成員，貌似找了千年都沒找齊的大事！如果答應了，路揚會原地爆炸給他看吧！

「我、我哪有辦法幫忙找人。」

他的話一說完，就看見傅太一推推鼻梁上的鏡框，翻著御書的新刊，愁眉苦臉地說：「說得也是，是我找人找得傻了，你一個從來不踏出中巷市的宅男，怎麼有辦法幫我找人。」

喂，哪有人的宅是用整座城市來算的啦！

「九歌還缺了那些人？」姜子牙努力不要顯得太積極，就是隨口問問而已，絕對沒有打算幫忙！

沒想到傅太一還真的回答了，而且語氣很慎重，緩慢地說出缺失成員的名稱。

「國殤、山鬼、禮魂。」

姜子牙一愣，回想之前查閱過《九歌》的資料，雖說是「九歌」，其實有十一篇目。

「你找到八個人了?滿多的啊！」

「不，九歌僅九人。」傅太一笑吟吟地問：「你想知道哪九個嗎?」

姜子牙覺得自己正在自尋死路，但是老闆真的幫他頗多，這時需要他反過來幫老闆忙，他實在不想拒絕到底，只是聽聽也不妨礙什麼……吧？

「聽、聽聽看吧，神話挺有趣的。」姜子牙無力地說。人情債果真不好還，難怪路揚寧願給御書大筆的錢，也不想欠債。

「河伯同湘君和湘夫人一般都是水神，職責重疊，發展到如今已無河伯。」

姜子牙想了想，那就剩下雲中君和少司命，不知是哪個也沒有了？

「少司命的能力已併入司命。」

老闆是「東皇太一」，傅君是「東君」，曾經出現的死神是「司命」，雖然沒見過他用正常人的模樣出現，但手機上，司命常常用群組傳訊，感嘆生命無常，抱怨這次遇到的魂竟然想被女子團體組接走，分身很難的，一次分出一個團體的數量簡直要逼死人！

陳姨則是「湘夫人」，陳姨的丈夫很有可能就是「湘君」，畢竟在古老的《九歌》神話中，湘君和湘夫人本來就是夫妻。

不知雲中君有沒有來過書店？姜子牙想了又想，沒對上誰，畢竟資訊太少。

姜子牙鼓勵地說：「就差三個了，老闆你一定能找齊。」

「那就承你吉言了。」傅太一難得柔和地笑了笑。

姜子牙仔細思索能不能幫上老闆的忙，當初查《九歌》資料的時候，他太過震驚，來回看了不知多少次，想忘都忘不掉。

《國殤》是追悼將士之曲，可以往軍隊找找，但這線索這麼明顯，他家老闆肯定試過了。

《禮魂》是《九歌》的最末篇，形象是吹笛的青年，一般認為他是負責吹送神曲的，這資訊抽象到姜子牙都不知道該往哪找，樂隊嗎？

「真要找人，山鬼可能比較好找吧？記載說她是個住在山林間的美女，國殤和禮魂就太難了。」

傅太一莞爾，山鬼怎會比較好找，她可是……

「全臺最奢華的飯店山林閒居，開幕式一再延宕，被投資人懷疑只是一場騙局，集團負責人聲稱只是在調整細節，要讓飯店用最完美的狀態迎接客人……」

「老闆，你今天肯說給我聽，該不會是遇上什麼困難了？」

他家老闆可能真的找得很絕望，只好死馬當活馬醫，說給他聽看看會不會成真，可他有的是真實之眼，又不是真實之耳，光聽見有用嗎？

沒得到回應，他一看，哪還有老闆這種東西，就剩個空蕩蕩的櫃檯。低頭放個書，抬頭沒老闆，這消失的功力真是越發見長。

姜子牙也習慣了，自顧自地整理書籍，只剩一人顧店，要在傍晚人多之前整理好，只希望老闆不要忘記他說過七點還得去赴晚餐約……啊，傅君好像該放學了呢！

而且謝培倫總是會跟著來，這就足夠人手來換班了吧，姜子牙覺得自己已經看透老闆了。

整理完書籍，姜子牙坐到櫃檯，翻著剛買下的御書新刊，然後發現管家先生有新能力了，讀心術。

呃，雖然這能力好像很恐怖，放在一般人身上，姜子牙會覺得這人居心不軌，居然想讓幻妖有讀心術這種逆天能力，但想到是御書那傢伙，就算想把她當作有威脅性的人，但一想起對方癱在沙發死都不出門的懶樣，完全無法！

她肯定只是想讓管家從貼心變成讀心，不用下令，無須指揮，就會自動端上咖啡的全自動管家！

姜子牙看透對門鄰居了。

獨自顧店沒多久後，一名小學生就走進來，自動門一開，冷氣吹到臉上，他吐出一口悶熱的長氣，看起來輕鬆多了。

姜子牙看了看時鐘，「今天這麼早放學？謝培倫沒跟你來啊，真稀罕。」

傅君看櫃檯又只有姜子牙，不高興地說：「天氣太熱了，學校說不用課後打掃，叫我們直接回家。培倫他家要回鄉下過週末，不能來。」

姜子牙透過玻璃門看出去，時間都接近傍晚了，陽光卻還像正午般炎熱，大概是天氣太熱，大伙都不想出門，今天沒什麼客人，反倒讓他覺得可惜，還想著要猜猜哪個是雲中君。

「雲中君來過書店嗎？」

傅君整理書包，懷疑地問：「你知道雲中君找到了？是太一跟你說的嗎？」

姜子牙點了點頭。

傅君不高興地喃喃：「只差三個人就湊齊，傅太一急了吧，明明以前都警告我不准跟你說這些事。」

「湊齊九歌會怎麼樣嗎？」

「不知道。」傅君不高興地說：「太一只說傳承會更完整，其他人都很想找齊，反正只有我不懂，我的傳承最少，什麼都不會。」

他委屈地低聲到近乎無聲：「本來他們要的就不是我。」

完整……會怎樣嗎？

姜子牙不敢問。

節之二．學徒

「姜子牙，這裡這裡！」

姜子牙剛停好車就看見林芝香從樹下衝過來，他反射性看向手表，還差十幾分鐘才七點，確定自己沒有遲到。

林芝香衝到姜子牙面前，臉上的笑容大得都快裂開了。

「這麼熱，妳怎麼還待在外面不先進去？」

姜子牙還是第一次看見林芝香穿裙子，綁著高馬尾，整個人看得出是精心打扮過的，但卻滿頭滿臉的汗水，髮絲都貼在臉上了，看著有些狼狽，幸好對方沒有化妝，否則這臉得土石流了吧！

「我在等路揚，他還沒有到。」

沒等到「剔」來鎮壓自己的煞氣，所以不敢進去嗎？姜子牙想到自己扯的謊，心下嘆氣，還是快點解決林芝香自己詛咒自己的問題吧，不然看著也是可憐。

林芝香連連看向停車場門口，說：「不然你先進去好了，我哥他們已經在餐廳包廂等了。」

「我陪妳等。」姜子牙搖頭，哪能讓女孩子一個人在外面傻站。過了快二十分鐘，就算是站在樹蔭下，姜子牙還是覺得自己脫下外衣能擰出一杯水來，但不敢抱怨，之前他也讓路揚等過半小時呢，雖然那時天氣沒這麼熱。只是看林芝香越來越緊張，他果斷打電話，幸好沒響幾聲就接通了。

「喂！路揚你人在哪？」

「SHIT，已經七點了嗎？」

「都過十多分鐘囉。」

「等我一下，快到了，再過幾個紅綠燈吧？都是胡立燦，幫他解決案件後又逼著我再挑一樁解決，不挑就讓方達抱著我大腿不給走……」

「廢話少說，你快來就好。」姜子牙掛斷電話，讓路揚可以繼續騎車，扭頭說：「別擔心，他會來，讓妳哥他們先吃吧。」

林芝香卻沒在聽他說話，突然連連後退，神色慌張地看著某處，姜子牙連忙跟著看過去。

「芝香！妳人都到了，怎麼不進來？」面帶笑容的男人快步走過來，腿略跛，但只有後來走快的時候比較明顯，剛開始慢慢走倒是看不出來。

「別、別過來！」林芝香尖叫，活像被性騷擾，惹得附近的人都看過來了。

那男人慢慢停下腳步，笑意僵在臉上，不知所措。

姜子牙把手放到林芝香的肩膀上，說：「沒事，我幫妳擋擋煞氣，傷不了妳哥的。」

林芝香先是眼睛一亮，隨後又懷疑地問：「真的有用嗎？你之前不是說要用剔才能擋我的煞氣？」

別說男人沒用啊！姜子牙開啟管庭的忽悠模式，斬釘截鐵地說：「我可是路揚的搭檔，怎麼可能沒用，雖然我擋煞氣的能力或許不如剔那把斬妖無數的古劍，但現在只是擋一下而已，很簡單啦！」

姜子牙看林芝香雖信了大半，但眼中似乎還是有疑慮，他立刻補充：「但妳不能碰到妳哥，直接碰觸可能有危險，我不一定擋得了。」

林芝香立刻回答：「好！我離他三步遠，伸手都摸不到！」

成功騙過！姜子牙心下鬆口氣，幸好最近跟管庭交流得多，跟著他學了很多說謊……說話方式！

林芝香高喊：「哥，你可以過來啦，要離我三步遠，別碰到我啊！」

姜子牙看著周圍的人都用古怪的眼神看過來，但林芝香完全不在意，許久未見的親人就在眼前，其他人壓根不重要。

「好！」男人緩緩走過來，還沒到三步遠，林芝香就在喊停，他不滿地又走兩步，才停下來輕罵：「三步哪有這麼遠，瞎緊張！」

林芝香又委屈又高興，上下打量著哥哥，似乎過得不錯，沒有哪邊又受傷，但目光一掃到跛了的那隻腳，淚花又忍不住在眼裡打轉。

看著唯一的妹妹，男人也久久說不出話來，但旁邊還站著一個大活人，這可是對妹妹來說很重要的大活人，他只能收起所有感傷，振作起來打招呼。

「這位是路揚先生嗎？」

姜子牙立刻自我介紹：「你好，我是姜子牙，路揚等等就到，他不是故意遲到的，就是突發事件多。」

「沒事沒事！」男人連忙表示不在意，「我叫林立翔，不嫌棄的話就叫我林哥吧，芝香多虧你們照顧了。」

「哪裡，其實也沒照顧什麼……」

兩人客套話都沒說完，一臺重型機車幾乎速度未減地衝進停車場，一個轉彎煞停，漂亮地停進旁邊的格子。

路揚摘下安全帽，呼出一口熱氣來。

「這天氣真是熱死人了，要不是停車位難找，真想開車吹冷氣。」

「路揚！」林芝香驚呼，著急地問：「你的剔帶來了嗎？」

路揚朝旁邊一指，說：「帶什麼啊，一直都跟著我呢！」

姜子牙無言，喂喂，那裡什麼都沒有好嗎！

林芝香雙眼一亮，緊張地問：「那、那我現在可以靠近我哥了嗎？」

路揚放好安全帽，理所當然地說：「當然啊，抱上去都沒問題。」

林芝香還來不及做出反應，林立翔已經三步併作兩步衝上來，狠狠抱住妹妹。

姜子牙再次慶幸林芝香不是個會化妝的女孩子，這哭得，臉都糊了。

酒足飯飽後，林芝香催促著哥哥一家先走，不要留太久，她還是很擔心，深怕自己會影響到兩個可愛的小姪子。

真的太可愛了，兩個小傢伙一直「姨姨」、「姨姨」地喊，林芝香覺得自己的心都要化了，如果她的煞氣會傷到這兩個孩子，還不如立刻死掉算了！

林芝香厚著臉皮哀求路揚和姜子牙再陪她一會兒，至少等哥哥一家平安到家。路揚倒是無所謂，反正他非常想消極怠工，一下午跑了兩樁案件，還被抱大腿硬塞第三樁的辛酸誰人知唷！

乾脆再點幾份甜品來慰勞自己，路揚從不怕熱量過高，到處奔波追妖捕鬼，想胖都胖不起來。

「妳嫂嫂看起來挺喜歡妳的。」

姜子牙挺佩服，就連林芝香的親戚都逃得遠遠的，倒是這個嫂嫂卻待她很和氣，任由兩小孩在林芝香身邊蹭來蹭去，這是真的毫無芥蒂，完全不在乎林芝香那個天煞孤星的名號。

想起嫂嫂，林芝香也是滿臉笑容。

「嫂嫂不相信這種事，她覺得天煞孤星就像以前歐洲燒死女巫的說法，都是把災禍怪罪在無辜女人身上，她很不服氣，認為我家的事就是不走運而已，還有別的家庭遭遇更慘，難道都是有天煞孤星嗎？」

路揚點頭說：「這觀念很好，真的沒有天煞孤星。」

林芝香欲言又止，最後氣餒地說：「我會努力說服自己不是。」

姜子牙拍了拍她的肩，安慰道：「反正有我們在，妳可以常常跟哥哥見面，就連小姪子都看過了，之後就慢慢來吧。」

「好！」提到兩個小姪子，林芝香立刻振奮了。

解決完林芝香的事，姜子牙回頭就問：「路揚，你剛剛說胡隊長塞了什麼案件給你？」

閒著也是閒著，姜子牙決定來看看自己有沒有能幫上忙的地方，下午為了去書店幫忙，他沒有跟著路揚去解決案子，現在這樁案子可不能再錯過了。

「胡立燦給的案子是刑事案件，有『厲鬼』作祟，我不想帶你去。」

路揚實話實說，就怕厲鬼讓姜子牙一看，呵，升級版厲鬼誕生，雖然剔還是照砍不誤，但能簡單解決的事情就別複雜化吧。

姜子牙「喔」了一聲，沒敢爭取要跟著去。

路揚拿出一份案件資料夾，扔在桌上說：「這個或許你可以幫上忙，頂星旅店鬧鬼，我看過資料也沒發現什麼問題，乾脆留著等你去看。這個案子的酬勞滿多的，要是你能找出問題，可以賺不少喔。」

說完，他繼續吃第二份奶酪和第三份提拉米蘇。

姜子牙拿起資料夾，首先就看那一疊照片，免得自己被文字引導，從照片中看出原本沒有的東西，那就是幫倒忙了。

林芝香湊上來跟著看，問：「我也能幫忙嗎？」

姜子牙驚訝道：「妳想幫忙？可是會撞『鬼』喔，妳不怕嗎？」

「不怕！」林芝香拍著胸口，說：「我可是天煞孤星，哪隻鬼比我可怕！」

喂喂，剛才是哪個人說要努力說服自己不是天煞孤星？

路揚放下奶酪，不置可否地說：「想跟著去幹嘛？說實話。」

「報答你和姜子牙的大恩大德！」林芝香斬釘截鐵地說完，表情一下子又心虛了，小聲說：「還想、想給姪子買玩具，如果有酬勞的話……但是沒有酬勞，我還是會去的！」

路揚倒是不反對林芝香跟去，多了解一點，她應該會更容易相信自己不是天煞孤星。

靈光一閃，路揚突然來了興致，問道：「妳有興趣當清微宮的學徒嗎？有實習費，度過學徒期，妳就可以拜師成為正式徒弟，以後妳出師就算是清微宮的道人，做案子得上交一定比例的酬勞，但遇到麻煩，可以報上清微宮的名號。」

一聽這話，林芝香什麼都沒問就點頭答應了，她說要報大恩大德，絕對不是說假的，就算酬勞全都要上交也是可以的，給她留點基本生活費不餓死就好，唔，如果能再留點姪子的玩具錢就更好了。

路揚滿意了。本來清微宮就該收徒弟，只是他媽長年在國外，根本不可能收徒，阿公又看不上那些來拜師的人，大罵他們只是想利用能力斂財，他們這行業不能這樣沒天良。

結果，所有案子都落在路揚頭上，累得他連作業都沒時間寫，大學都快畢不了業。

如果是林芝香的話，阿公應該會同意。路揚不止一次聽到阿嬤在稱讚林芝香很有毅力，每天大清早就來參拜，阿公在旁邊也沒反駁她半句不好，只哼過一次「傻姑娘有傻福」。

姜子牙第一次聽到「學徒」這詞，問：「所以我現在也是學徒嗎？」

他沒拜過師，應該不是徒弟，雖說當路揚的徒弟，好像也很怪。

路揚白了他一眼，沒好氣地說：「你是我的搭檔，沒有實習期也沒有拜師，直接就出師。快看看照片，然後跟我說該怎麼解決鬧鬼事件。」

姜子牙「喔」了一聲，看著手上的照片，這是同一間房間的各種不同角度，房間裝潢相當新穎，是近來很流行的透明浴室隔間，完全不老舊，乾乾淨淨，看著完全不像有靈異事件的旅店。

林芝香不解地問：「這些照片有什麼不對勁嗎？」

鏡中有個女人在梳頭、牆角蹲著一團黑影、浴缸裡有一窩青蛙等等。姜子牙看著各種「不對」，但是這些都在他日常會看見的範疇之內，沒有什麼「特別不對勁」。

姜子牙看過的鏡子，十面鏡子至少有三面，裡頭都有個女人在梳頭，頭還不一定長在脖子上。

對此，路揚翻白眼說：真是謝謝你們這些恐怖電影了，總比讓他拿剔去砍外星人來得好。

「沒有哪裡特別奇怪——」

姜子牙說著，翻到一張新照片，突然愣了愣，還把照片翻過來看看背面。

路揚敏銳地問：「怎麼？這張有問題？」

「這張拍的是什麼？」姜子牙反問。

林芝香湊上來一瞧，不解地問：「不就是床底下嗎？」

「床下？」姜子牙皺眉說：「我只看見一團黑，像是鏡頭被擋住，剛看到還以為是沒拍好，不過拍壞的照片應該不會被放進去，才想問問你們。」

路揚把手機遞過去，「我沒看出問題後，讓飯店的人在不同時間用手機拍照傳來更多照片，你再看看這些。」

黑。

姜子牙滑著手機裡的照片，床底下拍了三張照片，沒有一張像剛剛那張整面

「好像沒什麼異狀。」

他皺眉把手機遞給路揚，視線剛從照片收回來，卻突然發現不對，猛然把手機抽回來，立刻把照片的左上角拉大。

「呼，還好發現了，床下有一團黑影，拍的時候，他懸空貼在床的底部，看起來就像是陰影，幸好他張開眼睛，斜眼看著鏡頭，只是那眼睛在角落，太小了，我換個角度才注意到。」

姜子牙比著放大後的照片，路揚瞇著眼打量，原本看著像是反光的兩小片白影，經過姜子牙一指出來，果真是一雙眼睛。

姜子牙說：「他看著你的方向，這種會注意到人的東西通常都比較麻煩。」

「看來就是這東西沒錯……」

一旁，林芝香不敢說話打擾兩人，只能偷偷瞄著手機上的照片，猛一看確實像是眼睛，但仔細看又只是兩個光點。

路揚收起手機，拍拍姜子牙的肩膀，「好搭檔！早知道我就不用看這些照片，看了一下午，眼睛都要脫窗。」

姜子牙哭笑不得地說：「一個房間的照片而已，你看了一下午？」

路揚沒好氣地說：「他們傳來的照片有好幾百張！那傢伙不是在同一間房間，很多間都有問題，只是這間的次數比較多。」

「這麼凶啊？」

「不凶，都是小打小鬧，嚇嚇人而已，可是飯店要開門營業，不能忍受這種事，現在都開始謠傳飯店曾經死過人，或者是蓋在墳場上，所以他們寧願開高價也要插隊找我現在就去解決，要不然這種小事，我都排很後面，途中讓別人接走也無所謂。」

「所以真相是哪個？命案還是墳場？」姜子牙這時才翻開文字資料詳細看，結果哪個都不是，人家是正正經經的飯店，開業才三年，沒發生過命案，更不是墳場改建。

「沒發生事情也鬧鬼？」姜子牙不解。

路揚聳肩說：「這種事多得很，以前有間飯店常接學生畢業旅行，結果多年下來搞出一個筆仙，說是在飯店浴室割腕自殺的鬼，還很凶呢，差點鬧出人命，但其實根本沒有割腕自殺這回事。」

畢業旅行玩筆仙是吧，就不能好好出去逛街吃消夜嗎！

手機鈴響，林芝香立刻接起電話，還深怕打擾兩人討論，走到房間最角落講電話。

沒講多久，林芝香掛斷電話，興奮地說：「我哥到家了，什麼事都沒發生，兩個姪子都洗好澡準備上床睡覺去了。剔真的好厲害，不愧是斬妖除魔的古劍！」

兩人只能「呵呵」在心底。

「走吧，現在就過去頂星飯店，鬼這類的東西，晚上比較好抓。」路揚看看兩人，亡羊補牢地問：「你們接下來應該沒什麼重要的事？」

回家洗洗準備睡覺之類的事，姜子牙覺得，在接下來的日子裡，這應該不是很重要。

節之三：案件二

剛到飯店大門外，路揚一行人就愣了下，飯店大廳燈光通明，裡面竟擺著神案，穿著道袍的中年人舉著羅盤正在作法，旁邊一個還有年紀看著像是國中生的學徒幫忙著拿東西。

更後方則站了兩排人，個個穿著西裝，一看就知是飯店的員工。

裡面的人也注意到三人，一名女性員工立刻衝出來，解釋：「不好意思，客人，今天飯店舉行大拜拜，不開門營業。」

誰在晚上拜拜啊！姜子牙覺得這藉口很差，但對方顯然只是想隨便打發他們走。

路揚拿起手機打電話，大廳裡一個穿西裝的人連忙拿起手機，一看上面的顯示來電就秒接。

「我是剔，正站在飯店門口。」

西裝男從裡頭看出來，目瞪口呆，隨後面帶尷尬神色地走出來。

「您真的是剔大師？」話出口，西裝男就知道不好，他這話像是在質疑對方，但實在是忍不住啊！

路揚「嗯」了一聲，回應：「你是王經理？」

「是……想不到大、大師這麼年輕。」王經理也是訓練有素，就算看見混血模特兒大師，後面還帶著兩個大學生，他還是忍著沒質疑，帶著歉意解釋：「我們以為大師還要一段時間才會過來，實在等不及，所以先找別人來試試。」

路揚不在意地說：「沒事，我說過等不及可以給別人做。」

這時，中年道人也走出來，王經理頓時尷尬了，覺得這簡直是個修羅場，急急地解釋：「李大師，我和其他經理找到你們二位大師，同時間聯繫，原本就想請您幫忙，沒想到剔大師今晚會過來看看。」

王經理看了看路揚年輕的臉，決定這好話還是得偏著李大師說，雖然他打聽半天，似乎是剔的名聲最高，他花了好一番工夫才打聽到剔的聯繫方式，但剔本人看起來和「大師」這兩個字沒關係，倒是很合適去試鏡出道！

「原來如此，無妨。」中年道人客氣地應付完王經理，他立刻看向路揚，問道：

「你是清微宮的剔？」

「是。」路揚快速地上下打量這道人，尤其注意端詳對方手上的羅盤。

「久仰大名，我是李山道人。」

中年道人倒是還算客氣，也沒有因為路揚的年紀和外貌而輕視他，雖然剔看起來實在不符合高人形象，身上連個道器都沒有，但是名氣在外，道上人沒有幾個不知道他。

「幸會，我是路揚。」路揚報上真名，這時候用代號就太沒禮貌了。

「既然撞上了，要不然一同進去看看狀況？」

李山道人心裡是不想分享這案子，飯店的異狀看起來不大，這麼輕鬆又高酬勞的案子誰不想要？但他更不想和路揚起衝突，據說剔的實力高超，背後的清微宮也不是好惹的。

「師父！」那個國中生年紀的學徒這時衝出來，滿臉不敢置信地高喊：「你怎麼想跟這種人合作？他、他連個道袍都沒有穿，根本是騙子！」

李山道人回頭就朝學徒喝道：「廖安順你給我閉嘴！滿嘴胡言亂語，這位是路大師，是真材實料的大師。」

學徒瞪大眼，完全不相信。

「我不進去。」路揚搖頭說：「既然案子有人做了，那就好。」

李山道人連忙說：「我的學徒失禮了，他年紀小，莽莽撞撞，嘴比心快，但沒有惡意。」

路揚笑了笑，不在意地說：「人挺活潑的，你們先忙吧，誤了時辰不好。」

雖然他做事沒在管時辰，但那是有剔在手的底氣——這麼說倒也不對，沒有姜子牙之前，他多少會注意時辰，為了挑一個對方鬧最凶的時間，不然他找不出妖物到底在哪！

王經理暗暗抹了把冷汗，能夠和平解決就好，連忙笑嘻嘻地遞上一個紅包，「大師，這是一點車馬費，感謝您今天過來查看。」

路揚不客氣地收下了，回頭對姜子牙和林芝香說：「走吧，這邊沒事了。」

學徒二人組只是乖巧地點頭回應。

三人走向停在路邊的機車，揚長而去。

還騎重機啊，這大師怎麼就這麼帥氣呢？

在場眾人都啞口無言，王經理更是滿頭汗，慶幸自己後來找了李山道人，他看起來可比剔大師可靠多了。

廖安順糾結地說：「師父啊，你還說這是什麼大師，他哪像大師啊，連個道袍都不穿，騎機車來能帶什麼道器，騙子都沒這麼偷懶的！」

王經理心下贊同，但不敢表露出來。

李山道人立刻巴了徒兒一腦袋，罵道：「閉嘴，大師是怎麼樣的還得你來說？以後不准胡說八道，這次是路大師脾氣好，要不然有得你好受！」

廖安順吃痛地摸摸後腦勺，不服氣又不敢再說話。

「案子給別人，沒關係嗎？」

三人坐在二十四小時營業的永X豆漿店，三人才剛吃完大餐沒多久，根本不餓，就一人點一杯飲品解解渴。

路揚本想簡單回「沒問題」，但看著搭檔和學徒，覺得自己應該多解釋一點：

「雖然我沒聽過他的名號，但他知道我是誰，羅盤也是真貨，不是騙子，應該有實力可以解決這種小打小鬧的鬧鬼。」

姜子牙遲疑了一下，說：「那個李山道人的肩膀上有兩個小黑團，你有看見嗎？」

路揚不置可否地說：「有，不是什麼大問題，這東西叫嬰靈，來不及出世就夭折的胎兒，通常都是纏著母親，但有少數會纏著父親。」

姜子牙解開人生的一大迷惑，他常常看見女人帶黑團，原來是胎兒啊。

「那個李山道人竟然讓女人墮胎，還兩個？」林芝香瞪圓了眼，滿臉的不憤，就她這種天煞孤星，她爸媽都沒放棄她呢！

路揚搖頭說：「孩子會纏著父親，通常是母親也死了，很有可能是母子皆亡，這應該不是墮胎，別隨便猜想，有時候連沒懷過孕的女人也會被嬰靈纏上，純粹想找個喜歡的人當母親。」

林芝香懺悔了。李山道人頓時從讓女人墮胎的渣男，變成妻兒皆亡的可憐丈夫。

路揚躊躇，沒了飯店的案子，手上第一要務好像就是胡立燦硬塞來的刑案，但是帶著這兩人，真的可以嗎？姜子牙還跟過幾次案子，但林芝香是新手……

呃，等等，經過上次徐喜開鬧出的事情，好像也不算新手吧？

大學社團活動連續殺人、吸血鬼徐喜開，最後弄出圖書館第十三個書架，路揚辦過的案子都還沒有遇過比這些更嚴重的啊！

更別提早在大學事件之前，林芝香就遇過被死神勾錯魂，超市被界困住……呵，林芝香遇過的事搞不好比許多道上人見識過的還多。

一看路揚露出掙扎眼神時，姜子牙立刻說：「要是沒有適合的案子了，我就送林芝香回家，然後自己也回去洗澡睡覺。」

路揚卻想通了，他家學徒見識多，區區一個刑案算什麼。

「一起去吧，反正胡立燦也會在場，但是你給我——」

「不亂看不亂說不亂動！」

姜子牙真的被上次的「叫魂」嚇到了，一個好好的女生，雖然是女鬼，但外貌看著就是正常人，結果被他叫出名字，當場腐爛給他看，這次他是再也不敢亂開口說話。

聞言，林芝香也緊張了，在心裡不斷念著那九字真言：不亂看不亂說不亂動！

「很好。」路揚點點頭，拿出手機就撥話：「胡隊長，我臨時有時間辦你的刑案，你有空去現場嗎？」

「馬上到！」電話傳來的聲音大得連姜子牙和林芝香都聽見了。

三人又趕場到一間五層樓的老舊民宅，機車在門口隨便一停，反正被開單就報銷讓警察局自己去付。

路揚思索是不是該改開車子，這樣在趕場的途中，姜子牙就可以在車上看資料，多省時間——算了，省下來的時間還不是要辦更多案子嗎！

路揚立刻放棄這個想法，偶爾需要車就叫計程車吧。

胡立燦比三人更早抵達了，正站在民宅……的斜對面超過十公尺遠，旁邊還站著表情僵硬的方達，後者連看向民宅的勇氣都快沒了。

路揚把資料中的照片遞給姜子牙，提醒：「有屍體，很慘，別嚇到。」然後又把文字資料給林芝香。

姜子牙點點頭，翻看照片，還是嚇到了，這狀況可真慘烈。

一個男人靠在牆壁上，雙目瞪大死不闔眼，脖子不正常地歪折，明顯是被砍斷的，頭整個掛在肩膀上都快掉下來了，周圍血跡四濺，有的還直噴上天花板，滿照片都是血，很難想像一個人體內竟會有這麼多血。

林芝香驚呼：「我在電視看過這個新聞，說是妻子不堪長期家暴，拿刀把丈夫砍死了，網路好多人都在聲援妻子呢！」

「這是這間民宅第三起家暴致死案。」胡立燦面色沉重地說：「這裡環境差，選擇住在這裡的人生活多少都有點困難，但是三起家暴案都很嚴重，兩死一重傷，妻子砍丈夫，老母親殺兒子，還有最開始的那一個案子是丈夫砍妻子，這個妻子重傷沒死，是三起案例被害人中的唯一生還者。」

「三個凶手的精神狀態都很差，胡言亂語，暴力傾向，怎麼問都是『他該死』、『活該』或『欠揍』之類的話。」

路揚問：「那個生還者有說什麼嗎？」

胡立燦的神色複雜，說：「有，她說是她的錯，一切都是她害的，但她的精神狀態被評斷為斯德哥爾摩症候群、妄想和逃避現實，證詞不可信。」

「你覺得哪邊有問題？」路揚直接問。

胡立燦會先篩選案子，不是真正確定有問題的事情不會擺到路揚面前，要是弄錯一次，等於路揚做了白工，浪費的這些時間原本可以處理真正有問題的案子，這種錯誤，胡立燦自己都會想給自己幾巴掌。

「是這個的關係吧？」

姜子牙遞來一張照片，從另一個角度拍剛才的男屍，鏡頭正好面向窗戶，屍體的臉部很暗，但還是看得出來。

屍體在笑。

林芝香嚇得立刻躲到路揚背後，那笑容絕對不是什麼角度問題，兩邊嘴角上揚的角度特別高，根本不是一般人會笑的方式，好似被人用手把嘴角往上拉，極為不自然，只瞄一眼就讓人頭皮發麻，整個人打從心底發涼。

「我看見屍體在笑，你看見什麼？」路揚看向姜子牙。

「是在笑沒錯，而且這張臉和其他照片上的長相不一樣，看著怪怪的，不是正常的長相，而是……」

姜子牙努力想形容那種感覺，卻不知該怎麼說，突然看見林芝香，靈光一閃就脫口：「就像是女人化了濃妝，還化得很差很醜。」

林芝香想打人，她沒化妝的習慣好嗎！不要看著她！

「是女的？」路揚追問。

姜子牙又是眉頭緊皺，仔細想想說：「可能不是吧，這化得太醜了，哪有女生會把自己化得這麼醜。」

「還是妝花了？」林芝香沒化妝，一來是沒錢，二來也沒心思弄這些有的沒的，但還是愛美的，總留意過這方面的資訊，也看過街上的女生妝花掉的慘烈畫面。

她解說：「有時天氣太熱，女生的妝沒弄好花掉了，就會又斑駁又難看，比不化還糟糕，要是連眼線都糊掉，畫的眉毛也掉光，恐怖得都能拍鬼片，無眉還自帶黑眼圈呢！」

說完，她又咕噥：「不過現在很少看過這麼慘烈的情況，以前國高中的時候還看過幾次，但現在的化妝品太厲害了，跟塗油漆似的，以前李遙跟我說過，她卸妝都要卸半小時才放心。」

想到李遙，林芝香不由得沉默了。

經歷過玻璃破碎的事件後，她們變得比較熟稔，但沒過多久，李遙就出了事。雖然路揚和姜子牙都說不關她的事，是徐喜開下的手，但林芝香總想，如果不是和她扯上關係，李遙真的會這麼倒楣被徐喜開挑上嗎？

姜子牙恍然大悟地說：「對，應該是妳說的狀況。」

路揚讚了聲：「不錯呀，學徒，第一次實習就有貢獻。」

終於幫上忙了，林芝香勉強振奮起精神來。

胡立燦看得滿頭霧水，他倒是見過林芝香，但上一次見面的情況混亂，他以為對方就是受牽連的無辜民眾呢，問：「她變成你的新助手了？」

「學徒。」路揚解釋：「要是她成功拜師，清微宮就可以多一個人手。」

聞言，胡立燦立刻遞上名片，自介：「我是警局小隊長胡立燦，請未來的大師多多指教。」

至於未來的大師還是個學徒，這有什麼關係，就是要這種從學徒開始拉攏的交情，以後才好意思抱大腿啊！

胡立燦踹了踹旁邊的年輕小伙子，這也是他選來要接棒的「學徒」，還不上前把未來的大腿抱好抱滿！

「我是方達。」方達遞上自己被逼著去印的名片，欲哭無淚，雖然升級當副隊，薪水也多了好幾千，但他根本不想要好嗎！

林芝香受寵若驚地收下兩人的名片，胡立燦立刻厚著臉皮說：「未來的林大師，可以給我妳的電話嗎？順便來加個好友吧？」

「不、不是大師，叫我林芝香就好。」

林芝香緊張到連手機都拿不穩，戰戰兢兢地報上電話號碼，和警局小隊長互加好友，整個過程懷疑人生不只一次。

方達也趕緊地加了好友，兩人從對方緊張侷促的表情上敏銳地發現……是同類！

「我、我是新來的，實習中的學徒。」

「我是胡隊長的副隊，幾天前剛上任。」

兩枚新手頓時淚光閃閃，惺惺相惜，這是不會拿劍砍鬼，看見鬼會瑟瑟發抖的正常人呢！

「我也是新手。」

姜子牙湊上前去，卻收到兩對大白眼，翻完白眼的警察大驚失色，哭喪著臉說：「別逗我了，您是大師不是新手。」

姜子牙摸摸鼻子，回到路揚身旁，「我好像被排擠了。」

「真是委屈你被擠回來我旁邊。」路揚送上第三對大白眼。

姜子牙露出「真的好委屈喔」的表情。

路揚扯扯同伴委屈的臉皮。

「快進去啦，都大半夜了，還想不想回家睡覺？」

想立刻回家睡覺，最好不要進去！眾人的表情都這麼說。

「想得美！」

路揚板著臉，率先走入民宅，腳步卻輕盈不少，他突然覺得做任務好像也不是多累人的一件事。

殤九歌

CH.2 公寓

節之一：祝福

昏暗的樓梯只有在轉彎的平臺上吊著一顆燈泡，泛著黃光，欄杆鏽成黃黑色，角落積著沒掃乾淨的垃圾，不知從哪傳來奇怪的酸臭味。

一隻蒼白的手從轉彎處伸出來，在地面摳抓，然後是第二隻手，一頭糾結的黑長髮，最後，女人緩緩爬下樓，一身白色連身裙髒成灰色，她的四肢多處折斷，邊爬邊摔，又斷了更多骨頭，聲聲斷裂聽得人心顫，她終於摔到最底階，手緩緩朝站在那裡的人伸過去……

姜子牙忍不住讓路，好讓白裙女人毫無阻礙地爬下去，雖然她應該碰不到自己，但是讓這麼恐怖的東西穿過身體，姜子牙覺得自己要做三天惡夢！

這樓梯恐怖的程度不輸命案現場，滿滿的都是「東西」，從一樓開始就有很多東西，結果越往上走越誇張！

路揚就算沒有姜子牙的眼睛，一看見這樓梯也是心下一驚，這裡的幻妖未免太多了吧，雖然不是他看過最多的，但這裡只是一般民居，可不是墳場或刑場，就算是一般墳場，恐怕都沒有這裡來得誇張。

他皺著眉頭，想著就算今天能解決案件，過後也得再來一趟，仔細調查這幢樓。

「先別管這些，繼續上樓吧。」

姜子牙也想無視，但是樓梯間都快被塞滿了，立體式地塞滿，不是平面！要一頭撞進去，真的需要很多梁靜茹的勇氣。

路揚看姜子牙一臉視死如歸，硬著頭就要撞進去的模樣，無奈地拉住對方。

「這裡還有住戶嗎？」

胡立燦回：「有，五層樓各兩戶，一共十戶人家，命案發生後陸續有人搬走了，但也有人又搬進來，都是些生活困難的人，這邊房租便宜，發生命案後又降價了，一些生活困難的家庭住進來，很符合之前出事的家庭條件。」

路揚點頭，難怪胡立燦抱大腿抱得這麼果斷，實在是不抱，第四起命案就在不遠處等著，一幢公寓四起家暴命案，警察得被罵到吐血。

「那我還是把這些東西清一清吧，短時間內應該會好一點。」

路揚本不想浪費時間清理這些幻妖，先解決命案的事再說。但看樓梯間這狀況，連他都覺得頭皮發麻，在姜子牙眼中，這八成像地獄的入口，讓人家蒙頭撞進去，是過分了點。

再者還有胡立燦和方達在這，他們直接穿過這些玩意兒，回去搞不好得病一場。

「天地自然，穢氣氛散……斬妖縛邪，凶穢消散，急急如太上老君律令敕！」手捏訣，口念咒，隨著咒語尾音落下，路揚的雙指併攏朝前一指——

在姜子牙的眼中，神奇的路大師念著咒，手捏訣在空中畫出咒符，當路揚的雙指朝前一比，咒符就衝到樓梯間中央大放光明，當光消失時，樓梯間也變得乾乾淨淨，一點活路都沒給鬼留下。

「我剛才是不是看到路揚轟出什麼啊？」林芝香驚奇地問：「你們看見了嗎？」

看見了。兩名早就拋棄唯物主義的警察又再度開始懷疑人生……

路揚默默收回手指，在眾人佩服的眼神下保持鎮定，還忍不住偷瞄自己的手，沒異狀，想了想咒語，也沒念錯啊，這威力怎麼比以前強上一倍不止，連普通人都能稍微看見咒符。

要知道，他的符咒天分遠不如身手，雖然可能還是比半數道上人來得好，但也沒強到哪去。

「路揚你好像更強了。」姜子牙讚嘆：「不愧是路大師啊！」

路揚悶著氣，有旁人在，他不敢說路大師本來沒這麼強，這恐怕是姜子牙牌威力增幅器的功勞，他本想著盡量少把剮叫出來在姜子牙面前晃盪，免得剮太快實體化到可以拿去砍瓜切菜，引起旁人注意，增幅器可能會有危險。

結果，姜子牙增幅器連路揚本身都不放過……

「大概在圖書館經歷過生死，成長了吧！」

路揚滄桑地把所有功勞都自己吞下去。

「那我們快上去吧，說不定讓路大師進去劈一劍，我們就可以回家睡覺了。」

姜子牙覺得路揚變強是好事，如果強到能一劍劈死徐喜開，那就叫完美！

喔不，你千萬別這麼說！路揚想反駁又不知會不會弄巧成拙，到底要怎麼做才能阻止這支增幅器呀！

姜子牙一馬當先衝到四樓，路揚也只能趕緊跟上去，先解決眼下的事，增幅器要怎麼處理還是之後回家問問阿公吧！

站在門口，胡立燦一邊拆黃色封條，一邊解說：「這是第三起命案現場，對門是第二起，第一起在五樓，但是五樓那個倖存者回來住了，沒辦法進去看。」

「五樓的另一戶人家沒事嗎？」姜子牙好奇地問，住在第一起凶案對面，卻沒有發生事情？

胡立燦嘆道：「沒有，另一戶人家是一對年輕兄妹，雖然經濟狀況不佳，但人的狀況還算好，兩人都挺勤奮工作，暫時沒有家暴由頭，但我還是跟他們要了電話，固定打電話注意他們的情緒有沒有不對勁。」

但對方若是真的不對勁，他又能怎麼辦？還是趕緊抱住路揚的大腿求一勞永逸地解決整件事。

聽到和她類似的狀況，林芝香忍不住帶入到自己和哥哥身上，斬釘截鐵地說：「不用擔心，他們的日子一定會越過越好！」

路揚猛地回頭，林芝香剛才的話竟帶著咒力，完全是一個祝福性質的咒語！

「妳沒事吧？」他驚疑不定，這種影響他人生活的咒語，沒借助外力，也不是自古流傳的咒語，單憑個人的能力施展，難以想像得多耗力。

「沒啊？」

林芝香驚訝地說完，整個人毫無預警倒了下去，幸好方達就在她旁邊，連忙扶著對方先坐下來，都顧不得地上有多髒了。

林芝香軟綿綿地說：「我怎麼？突然頭好暈，渾身沒力氣……」

妳施咒了，強咒！路揚覺得自己的頭也很暈，很好，他又多一個不分敵我的咒語發射器。

路揚心情複雜地說：「方達你能幫我先送她回去嗎？」

不用留在這裡？方達雙眼發亮，拍著胸膛保證：「沒問題，我一定把林大師安全送到家！」

「我、我沒事！」

林芝香努力想站起來卻做不到，全身軟綿綿的，她難過得眼眶泛紅。第一次實習，什麼都沒做，還得勞煩別人送她回家，這是報恩嗎？根本是報仇吧！

她難過地自嘲，真不愧是天煞孤——

姜子牙蹲下身，驚訝地看著林芝香，說：「我剛才看見妳發出一個咒耶！就像路揚施咒時畫出來的符咒，但是文字沒那麼古老，看著似乎就是一個簡單的『好』字，但是一樣會發光，甚至不比路揚的咒符小。妳說完後，咒符就往上飄，穿過天花板不見了。」

姜子牙若有所思地說：「我覺得樓上的兄妹應該不會有事了。」

「真的？」林芝香猛地抬頭。

路揚乾脆直說：「妳剛才發出一個祝福性質的咒給樓上的兄妹，只要這幢樓還有其他住戶，他們就不會成為優先目標。」

「我、我不會發祝福啊！」林芝香訝異，天煞孤星還能給別人發祝福這麼好的東西？怎麼可能呢！

「日後再跟妳詳說。」路揚想了想，說：「送妳到清微宮好了，這祝福不是小事，妳可能得躺幾天，沒人照顧也不行。」

林芝香連忙說：「我沒事，不用麻煩了。」

路揚朝方達一瞪，方達立刻說：「送到清微宮，了解！」

「打我爸的電話，讓他出來開門，你再把剛才姜子牙的話跟他說一遍，林芝香妳有什麼問題就問我爸吧。」

路揚很懷疑林芝香能不能撐到清微宮還不昏睡過去。

方達連連點頭，只要能離開這裡，他什麼都能做！

路揚想了想，說：「胡隊長，你把這兩扇門都開了，然後跟方達一起走，你沒必要在場。」

被說沒必要在場的胡立燦感覺……真是太好啦！立刻拆封條，拿鑰匙開門，做完就立刻帶著副隊和林芝香逃之夭夭，先送人去清微宮，然後喜孜孜地回家洗澡睡覺。

「林芝香怎麼突然會施咒了？」姜子牙不解地問：「她在清微宮修行的時候學的嗎？」

「她本來就會施咒，不然怎麼會變成天煞孤星？林芝香真正的能力應該是言靈，開口詛咒或祝福只是效果不同而已，不過林芝香長年咒詛自己，恐怕要她像這次用出祝福，應該沒那麼簡單。」

姜子牙秒懂，樓上正好是一對兄妹，讓林芝香感同身受，希望對方過得好好的，所以超常發揮，詛咒都變成祝福了。

「我還想說以後她可以祝福你，說不定做案子都能很順利。」

路揚果斷拒絕：「免了。」

沒有祝福沒關係，過去這麼多年沒祝福也是照做案子，要是被誤上詛咒就慘了。

路揚看了看姜子牙的左眼，不知是不是錯覺，那塊藍本來很不顯眼，不注意看是看不見的，畢竟只是眼睛的一小角，但現在似乎變得更明顯，有時甚至覺得在發光，但仔細一看，應該只是正好反光……吧？

路揚百般不願，卻還是把剔喚了出來，已經兩死一重傷，這妖物太危險，不是留手的時候。

左右兩扇門，路揚選了第三件案子的門，第四樁命案未起，殺人的妖物很有可能還在這裡。

剔第一個衝進去，晃了一圈，沒有發現危險，獨自兀立在客廳。

兩人這才走進去。

姜子牙先看了一圈，這屋子不大，隔成兩房一廳，顯得非常狹小，又堆滿雜物，雖然有對外窗戶，光線卻被隔壁公寓擋住，根本沒能透進來多少，牆壁的油漆髒汙斑駁，整個客廳看起來昏暗陰沉，即使開燈都沒多少幫助，因為燈光也是昏啞的黃光。

「住在這裡面，心情真的好不起來。」

姜子牙突然領悟住家的重要性，雖然他家也是個普通的小公寓，但至少採光好，整體布置得很溫馨，姐姐還打掃得一塵不染，回到家就是放鬆的感覺。

再看看眼前這環境，回家沒有放鬆，只想放棄人生。

「陰氣確實很重，難怪樓梯間的妖物這麼多。」路揚說：「胡立燦說那對兄妹很勤奮工作，應該不常在家，所以受到的影響比較少。」

「這裡面反而沒有樓梯間恐怖。」姜子牙只看見一些路揚通常看不到的東西，例如坐在桌上的多啦A夢，還有發著微光的蘑菇群長在牆角。

「被嚇跑了。」路揚想了想：「樓梯間的幻妖應該是從房間跑出去的。」

姜子牙恍然大悟，原來是這樣啊，他就說以前怎麼沒看過幻妖會擠成一團。

拿起照片來對比，姜子牙尋找死者最後倚靠的牆面，通常能看見什麼很嚇人的東西，例如會動的屍體之類。

兀立不動的剔突然發出劍鳴，鳴聲凌厲。

姜子牙嚇了一大跳，從沒聽過剔發出這麼令人顫抖的聲音，二話不說就跑回路揚身邊。

剔一個俯衝，瞬間不見蹤影。

見狀，姜子牙連忙跟上去，就算他的速度跟不上路揚，也不能被落下太遠，否則路揚還要慢下來等人，他就成累贅了。

結果都快跑到門口了，前面居然沒人，姜子牙回頭一看，路揚愣在原地，一臉錯愕地看著門口。

這表情是……姜子牙脫口：「你的劍是自己跑掉，而你不知道怎麼回事？」

路揚卻彷彿沒有聽見，愣愣地看著空無一物的門口，喃喃：「剔？」

打從十歲左右喚出剔，路揚從來沒有遇過這種狀況，就算剔自行發現妖物，也會先傳來訊息，得到路揚的肯定後，才會去砍妖。

他們心靈相通，曾未有過隔閡，如今卻什麼訊息都沒有收到，剔就這麼離開主人。

路揚握了握拳，覺得呼吸都困難了起來，莫非是太過實體化，剔開始有了不同的想法？

總歸來說，剔也是妖物……

「走！我們快跟上去，剔可能發現什麼了！」

路揚回過神，看見姜子牙邊拉著自己走邊說：「你家的剔真是越來越厲害，改天說不定都不用你出馬，人在清微宮寫作業，剔遠程擊殺拿人頭——不對，拿妖頭！」

我家的剔……

路揚反過來抓住姜子牙，拖著他追劍，還不忘吐槽：「你當剔是遠程導彈啊，它離我越遠就越耗力，超過一定距離就消失，還得再次召喚。」

「呃，那好歹多一招自動攻擊。」

「你一個不玩遊戲的傢伙，到底哪來這麼多遊戲名詞！」

節之二：魔椅

殺了他！

殺了他！殺了他！殺了他！殺了他！殺了他！殺了他！殺了他！殺了他！殺了他！殺了他！殺了他！殺了他！殺了他！殺了他！殺了他！殺了他！殺了他！

姜子牙睜開眼，心跳快得連呼吸都變得急促，茫然不知身在何處，自己又在做什麼，周圍全是一片黑，陰氣濃得根本看不見任何東西。

他試著想走，卻動彈不得，好似被濃烈的陰氣綑住了。

殺了他！

不能讓他離開，會死很多人……

走不了了，要拖時間讓其他人發現異狀，死也要拖住！

——殺了我！

冷酷的耳語不斷從四面八方傳來，剛開始還有完整的一句話，接下來變成「殺了他」，又成「殺了我」，最後就只剩下一連串「殺殺殺殺殺」。

一個個「殺」字傳進耳裡，姜子牙滿頭大汗，心裡暴躁得想砍人，幸好他別說砍人，打架都沒怎麼試過，所以還能克制住戾氣，努力想記住剛剛聽見的話，脫困後可以告訴路揚。

但具體要怎麼脫困，姜子牙一點頭緒都沒有，連汗水流進眼裡都只能忍著刺痛感，完全動彈不得。

幸好沒過多久，周圍的陰氣漸漸收攏凝聚成一大團，然後又更進一步塑形，手、腳……最後化為一個坐著的漆黑人影。那人影黑到極致，甚至連頂上的燈泡都照不亮，光線被吞吃進去，同化為黑暗的一部分。

姜子牙只看了黑影一眼，整個人就好像要被吸入黑暗中，成為那人形黑洞的一部分。幸好陰氣退去後，他能夠動彈了，因為僵住太久，腳一時無力，摔跌在地上摔醒了，他立刻轉頭不敢再看那道影子。

從小看過那麼多恐怖的東西，姜子牙都沒有如現在這般恐懼，只想逃得離這個黑影越遠越好。

他爬起身來，跑向大門，但怎麼壓門把就是開不了門，這門又是鐵門，雖然鏽得掉漆，也不可能踹得開。

殺了他！

「別開玩笑了，我怎麼可能殺得死那種東西！」

不斷聽到這耳語，姜子牙心情暴躁，氣得握拳怒吼，卻感覺到手上好像握著什麼東西，低頭一看，驚悚了，他怎麼會拿著劍？而且是真的握住劍柄，彷彿劍是一把真正的劍，而不是會飄來飄去不給拿的靈劍。

連凶器都準備好了？姜子牙瞪大眼，喂喂，他不負責砍人的，這個業務請找路揚啊！

「殺了他！」

姜子牙感覺到一口熱氣吹在耳邊，他猛地扭頭一看，一張慘白的臉幾乎是貼在自己的臉旁邊，嚇得他連忙往旁邊跳兩步，差點都要拿劍砍人了。

女人穿著髒成灰色的白睡裙，也被他的反應嚇了一跳，整個人側身貼著牆面，只從糾結成團的黑髮間露出一隻眼睛偷看，眼白幾乎紅成一片。

但她吹了熱氣，姜子牙還聞到久沒洗澡的酸臭味，這女人似乎不是妖，而是真正的人。

她捏著睡裙，委屈地喃喃：「不、不是我的錯……」

「那是誰的錯？」

姜子牙出不去，又不敢看坐著的黑影，現在唯一的線索就是這女人了。必須在黑影有動作前逃走，否則黑影一旦有動靜，姜子牙毫不懷疑自己會瞬間沒命。

「不是我！」她的語速又急又快，像是在跟姜子牙說話，又像是在自言自語：「原來根本不是我的錯，從儲藏室拿出來的椅子是怪物，怎麼丟都丟不掉……不不不，他才是怪物！是他害了我，害了樓下的兩戶人，如果讓他跑掉，所有人都要死！殺了他、殺了他！」

姜子牙一愣，記憶突然回籠，公寓的家暴殺人案！他跟路揚來解決案子，因為剔突然飛走，他們追上五樓，發現門沒關，就直接走進去……

然後呢？

路揚人呢？

姜子牙大驚，他立刻舉起剔，問：「剔，你快飛去路揚那裡。」

——不、等等，這把劍真的是剔嗎？姜子牙突然僵住了。

剔是靈劍，根本不給拿的，他從來沒有成功握住劍柄，現在這把劍卻乖乖待在手裡，既不動也不飛，感覺就很不對勁！

姜子牙滿頭冷汗，立刻抛開劍，單手摀住右眼，單單用左眼去看落在地上的……菜刀？

他哭笑不得，剔果然不會乖乖待在人的手裡，還一動也不動，明顯是假貨。

「殺了他！」女人像是鼓起最後的勇氣，衝去撿起那把菜刀。

女人拿刀衝向黑影，她似乎也不敢看黑影，頭垂得低低的，但衝的速度卻很快。

姜子牙愣住，沒反應過來該不該阻止，女人已經衝到黑影前，一刀刺向影子的胸腹位置。

一聲「鏗鏘」，一把劍從空中直落下，擋住女人刺去的尖刀。

姜子牙定睛一看，那把古劍正是剔，這次他敢肯定是真貨，劍聲清鳴不斷，耳邊的擾人「殺」語都被這鳴聲清空，縈繞在胸口的暴躁逐漸散去。

擋下攻擊後，剔迴旋上半空，再次下砍直接劈過女人，後者發出不似人聲的尖銳慘叫，女人軟軟地倒了下來，再無聲息。

姜子牙驚悚，那可是真人啊，難道剔連人都能砍了？

剔停在黑影前方，姜子牙努力定睛在古劍身上，不敢多看黑影，但剔出現後，他覺得有點底氣了，不再像之前那麼恐懼。

剔發出鳴聲，不像之前的清鳴，反倒嗡嗡不斷，頗有煩躁的意味。

古劍輕輕靠近黑影，姜子牙看得很緊張，連剔都這麼小心翼翼，這黑影是真的很可怕吧？只是不知道為什麼黑影連動都不動。

劍身猛地換了角度，竟用劍柄朝著黑影，輕輕地落下，那個位置是……手？

劍柄？手？姜子牙瞪大眼，剔竟然讓黑影握住它？

觸碰到的瞬間，黑影的手突然握住劍柄，整片黑色被撕開來，露出底下的真身，那身影看著如此熟悉……

「路揚！」姜子牙連忙衝上前去。

剔快速地飛開，在周圍盤旋。

路揚無力地低垂著頭，整個人被膠帶纏了許多圈，直接黏在椅子上動彈不得。

姜子牙抬起路揚的臉，他雙眼緊閉，連嘴上都黏著膠帶。他趕緊撕掉，拍著對方的臉。

「路揚！你醒醒，沒事吧？喂，別嚇我啊！」

慌張地測了測呼吸，呼，還有氣！

連拍好幾下後，路揚終於皺皺眉頭，張開眼睛，眼神恍惚地看著姜子牙。

「路揚，我是誰？」姜子牙厲問。

「釣魚的姜太公。」

姜子牙這才鬆了口氣，接二連三的變故，他覺得自己的小心臟有點快受不了，先彎著腰喘兩口氣，才重新站直來研究怎麼讓路揚脫困。

他不解地問：「到底發生什麼事？怎麼一進門就突然變了一個世界似的。」

路揚老實地說：「一進門就看見正中間有團魔氣，正想喊『別』，我就暈了。」

姜子牙邊扯膠帶邊說：「你居然連反抗的機會都沒有就中招，這麼強的對手應該不難鎖定一個範圍吧？」

找出範圍以後就丟給劉易士調查，這個戀兒狂爸爸一定很樂意好好招待欺負他兒子的人！

「嗯，範圍在四十萬伏特以上的電擊槍。」

呃，再強大的道士果然還是贏不了科技。

最後，姜子牙還是去撿起那把菜刀，才終於把路揚從膠帶裡解救出來，順道確定女人活著沒死，剔仍舊保持只殺妖不殺人的紀錄。

一脫困，路揚立刻離開椅子，改坐在地上緩了緩，說：「這裡曾經出現魔物。」

「魔？」姜子牙一愣，「不是妖嗎？」

路揚簡單說明：「你可以把魔當作不同體系的妖，電影裡的魔鬼或惡魔知道嗎？」

姜子牙點頭，他是沒怎麼看過電影，但也沒孤陋寡聞到凡事不知。

「魔物一般都是附身在人身上折磨那個人。」路揚比著那張檀木椅，深紅似黑，說：「有魔物曾經坐在這張椅子上，應該是有人把被魔物附身的人綁在椅子上，要舉行驅魔儀式。」

路揚沒對付過魔物，臺灣很少有魔物，也就近幾年開始出現似是而非的東西，真是謝謝西方恐怖電影的貢獻了。但他好歹有個驅魔師爸爸，沒看過豬跑也吃過豬肉，還是能認出這裡的氣息和陰氣有點出入，是魔氣而非陰氣。

「殘存的魔氣讓這幢公寓的妖物比任何地方都多，這隻魔當初一定很強，不知道是誰有能力驅逐這麼厲害的魔物。」

西方的魔數量不如東方的妖這麼多，但是難搞的程度卻高多了，魔氣比陰氣來得狂暴許多，就算驅魔成功，接觸過的人要花很多時間擺脫影響，直接被附身的人更是很難恢復如初。

殘存的魔氣？姜子牙覺得不對，剛才附在路揚表面的黑影完全不像殘存，恐怖得要命，他在圖書館面對徐喜開這隻吸血鬼，都沒有這種動彈不得的絕望感！

路揚拿出手機，說：「是魔氣的話，找我爸過來處理比較保險，要把這張椅子直接運回清微宮，還有那個女人應該是被魔氣弄瘋了——」

還來不及打電話，鈴聲就先響了，路揚看了一眼是未知來電，仍舊秒接起來，他這支號碼只用來工作，連學校填聯絡電話都是填另一支號碼，就是為了確保接不到無關緊要的來電，每通電話都是十萬火急。

「路大師，救命啊！」

路揚一愣，認出這個聲音，「王經理？冷靜下來，先告訴我，你們現在是什麼狀況。」

王經理的聲音都快哭出來了，「我們被困在頂星飯店七樓，一開始要搭電梯下樓，結果開門後根本不是在飯店裡面，從逃、逃生梯往下走再多層都是七樓，根本出不去！」

「李山道人還在那裡嗎？」

「這是李山道人的手機，我的手機根本打不出去，他把手機丟給我，叫我聯絡你，然後就去救他徒弟，到現在都沒回來！」

「保持冷靜。」路揚聽著這話，推測應該是沒出人命，否則王經理早急吼吼地說了，他仔細吩咐該怎麼做：「你們所有人都待在一起，沒有危險就不要離開原地，就算有什麼動靜，只要記住你們人多，妖魔鬼怪就拿你們沒辦法。我會盡快趕過去。」掛斷電話，路揚站起身到一半，又默默坐下來。

姜子牙擔憂地勸說：「別逞強，你才剛被電擊。」

路揚無奈地說：「我先打個電話讓我爸過來收拾這邊，你把牆角的電擊槍撿過來看看到底幾伏特，我怎麼感覺累得像是跑了五天的案子都沒睡覺。」

「你剛剛被魔氣整個包住了，是不是這個原因？」姜子牙邊說邊去撿槍。

「什麼？」路揚瞪大眼，但這時電話接通了，他的注意力轉走，「爸，我發現一張椅子跟魔物有關係，還有個女人被魔氣弄瘋了，我給你地址，你馬上過來，但我可能會先離開，別的地方有案子，就這樣──」

「掰」字還沒出口，姜子牙卻一把拿走手機，然後把電擊槍塞到路揚手上。

路揚反射性低頭一看，不相信地脫口：「十萬伏特？這不可能，沒有三十萬伏特甚至電不倒我。」

姜子牙終於把一直被打斷的話說出來。

「剛才你被魔氣整個包住，變成一道黑色影子，我一看到黑影就嚇得連動都不敢動，我敢說那絕對不是殘存魔氣而已，如果不是剔救了你，還不知道會發生什麼事，所以你爸絕對不能單獨來這裡！」

「你們兩個現在就到屋外等我！」手機傳來劉易士的怒吼，沒開擴音鍵都清晰可聞：「別去動那張椅子！」

路揚說：「但還有別的案子要處理，有一群人被困在飯店出不來，裡面有個道上人都沒辦法解決，這案子不能拖。」

「我找別人過去處理，寶貝你乖乖待在原地。」

路揚立刻答應，拜託，可以的話，他也不想被電擊後，還要硬撐著去抓鬼，他真的沒有那麼勤奮，一切都是被逼出來的。

姜子牙攙扶著路揚到樓梯間，讓他靠著牆坐下，隨後又去把女人拖出來，雖然已經瘋成這樣，但還是一條人命，總不好放她跟那張恐怖的椅子在一起。

「這是第一起家暴案的倖存者……」

路揚納悶地問：「我昏過去後到底發生什麼事？」

姜子牙一五一十把剛才自己經歷過的事情描述一遍。

「等等，你說我握住別了？」

路揚立刻看向飄在旁邊的古劍，簡直難以置信，雖然有心理準備，但這一天真的到來，卻還是緊張的。

「嗯，不過是在黑影狀態下，你一脫困，剮就飛走了。」

路揚想了想，對古劍伸出手，呼喚：「剮，到我手上來。」

古劍毫不留情面地飛到天花板，離路揚遠遠的。

姜子牙哈哈大笑。

路揚尷尬地收回手，咕噥：「你肯定看錯了，剮就是碰了我一下，把魔氣打掉而已吧！」

姜子牙沒好氣地說：「特地換方向用劍柄打掉魔氣？這是砍人的新姿勢嗎？」

「說不定真是剮想嘗試砍人的新姿勢呢！」

路揚偷瞄剮的劍柄，心癢癢的，若是他趁剮不注意的時候偷偷伸手去握，不知能不能成功握到自家的劍？

然後他就成功……被劍柄敲了好幾十下腦袋。

心靈相通什麼的，完全不適合偷偷想些壞事。

「這椅子受到影響，已經成為魔物。」

劉易士的聖書發出光照耀在椅子上，沉重的檀木椅竟開始發顫，光芒越盛，椅子的動靜越大，隱隱從中流出黑色氣息，但全都被光輝鎖住，沒辦法再往外延伸，雙方較勁到最後，連聖書都開始微微顫抖。

較勁的最終結果是，剛才還說要帶回清微宮的椅子碎成一堆木塊，這樣似乎還不夠解氣，聖書又衝上去，光芒連閃了幾次，木塊直接變木片。

三人無言，這聖書跟見了仇家似的，這椅子當然是魔物。

劉易士回頭擔憂地問：「兒子你還好吧？」

他見兒子站不起來的次數可不多，路揚的強悍真不是說假的，劉易士沒懷疑過兒子能不能手打拳王腳踢格鬥家，冠軍腰帶拿一整面牆。

「沒事，就是被電擊槍電暈，應該是那女人幹的好事。」

路揚遲疑了一下，還是沒說出電擊槍的伏特太低，照理說不可能擊倒他，更別說擊昏，但這種私家的東西品質不一，說不定這一次正好超常放電也不一定，反正椅子都碎了，沒必要糾結這點。

「那黑色影子真的很可怕！」姜子牙覺得自己要再三強調：「我從來沒有遇過這麼恐怖的東西。」

聞言，劉易士又帶著聖書去屋子裡繞了一圈，順道淨化屋內，出來後解釋：「那黑影應該是椅子裡放出來的魔氣，被剔斬除了，所以這椅子現在才這麼好對付，我感覺這裡確實只有殘存的魔氣。」

聞言，姜子牙放鬆了一些，佩服地看著剔說：「你家的剔是神兵吧，那麼恐怖的東西也說斬就斬。」

「剔當然是神兵！」路揚誇劍不遺餘力，希望剔早日願意給他握劍的機會，「但主要應該是屬性相剋，椅子是木，剔是金。」

姜子牙恍然大悟，點點頭不再糾結，或許是他平日看的都是妖，第一次看見強大的魔物，才會被黑影嚇得腿軟。

「好了，趕緊回去吧，你們兩個年輕人今晚也辛苦——」

手機鈴聲突然響起，劉易士直接走到一旁去講電話。

這時，對面的門突然發出開啟的刺耳噪音，路揚掙扎著想起身時，門後出現一個年輕的女孩子，神態很緊張，她只敢打開內門，外面還有一道生鏽的鐵門是萬萬不敢打開的。

她先看了看路揚兩人，神色有點疑惑，又看向暈倒在地上的女人。

路揚笑笑說：「不好意思，我們過來找表姐，要帶她去醫院就診，結果她實在掙扎得太厲害，打擾到妳了。」

聞言，女孩漲紅臉，說：「原來是這樣，對、對不起，我已經報警了……」

她在家裡聽對面發出的噪音聽得都要嚇死了，但哥哥上夜班，她一個人在家根本不敢開門，貼在門後從貓眼看狀況，視線範圍很有限，不知道他們到底在做什麼，但有看見男人把對門的女人拖出來放在地上。

若不是看他們好像要把對門的女人帶走了，警察又還沒到，女孩也不會打開內門，想說看看能不能拖一下時間，不讓他們把人帶走。

一打開門，女孩看清路揚和姜子牙兩人的模樣，實在和想像中的壞人差太遠，就覺得事情不對，尤其路揚的外貌打扮像是明星似的，拖走對門那一個精神失常的女人能圖什麼？

聞言，路揚只好打電話給胡立燦，免得自己一行人被上銬抓去看守所。

「你沒事吧？」女孩誤會了人，感到很抱歉，又看路揚坐在地上起不來，連忙開口關心。

「沒事。」姜子牙回道：「他就是被表姐打中肚子好幾拳，緩緩就好了。」

女孩憐憫地看著地上的女人說：「你們表姐是遇上恐怖的事情才會變成這樣，她以前人不錯的，那一次她被丈夫打得差點就……」

姜子牙想開口勸勸這對兄妹搬走，卻見女孩摸了摸胸口平撫情緒，她戴著一條銀製的十字架項鍊，樣式古老還發黃，看起來有些年頭。

女孩的手一摸上墜鍊，十字架竟發出微光，姜子牙覺得那光芒有點古怪，定睛一看，這才發現竟是個發光的「好」字。

林芝香的祝福真直白啊！姜子牙放下心來，他隱約明白有這十字架在，這家兄妹確實不會有事。

路揚動了動嘴唇，沒說話。他也看見十字架發光，卻是在姜子牙盯著十字架看後，他才看見那一個「好」浮現出來。

林芝香的祝福，姜子牙的增幅，那條十字架項鍊連他都想要，路揚覺得滄桑，隊友加點都加到別人身上去了，能不能分一些給他？

喔不，還是算了吧，要是林芝香誤下詛咒，姜子牙還增幅，那就慘爆啦！

「既然沒事，那就再見！」女孩突然改了語氣，羞惱地摀住胸口，重重將門關上。

「……」姜子牙百口莫辯，他是盯著十字架項鍊，真沒注意她是B還是C啊！

路揚大笑，給祝福還被當色狼，他覺得很可以，比自己被電擊還慘！

劉易士打完電話走回來，一臉抱歉地看姜子牙，問：「子牙你能不能跟我去頂星飯店看看？那裡形成一個界，很麻煩，我找去處理的人說他怕自己也困在裡面，不敢進去。」

「好。」姜子牙立刻答應。

三人等到胡立燦和方達過來，答應將昏倒的女人送去清微宮，這才離開公寓。

雖然是騎車來的，但以路揚的狀況騎車太危險，三人乾脆全上了司機的計程車，路揚卻不願回家，跟司機商量後，三人直接過去飯店，劉易士和姜子牙進飯店，他在計程車上休息。

「這個房間的房號是七一三，應該就在王經理他們被困的七樓。」

車上，路揚躺在副駕駛座上休息，姜子牙和劉易士在後座研究飯店的資料，姜子牙指著床底下的照片，將黑團的眼睛指出來給劉易士看。

劉易士皺眉研究照片，隨後又將聖書喚出，駕駛座還傳來司機倒吸口氣的驚嚇聲。

聖書一出來就對著手機上的照片發飆，書頁「啪啪」地翻個不停。

「這是一個魔物。」劉易士肯定地說。

姜子牙訝異：「又是魔物？不是說臺灣很少見到魔物嗎？」

「確實少見。」劉易士沉吟道：「或許這兩者有什麼關聯性，等等讓聖書去辨別，如果真是同出一源，很有可能是女人去過飯店，就住在七一三號房。」

姜子牙覺得大有可能，頂星飯店離這裡不遠，家暴案後，女人或許不敢回家，跑去住飯店，結果禍水東引，把飯店牽扯進來。

劉易士看著副駕駛座的兒子，路揚睡得非常熟，一點動靜都沒有，彷彿累極了，一躺下就斷線。

他輕聲對姜子牙說：「你挑一個路揚不在的時間，打電話給我，仔細說說黑影的事情。」

得到重視，姜子牙一個振奮，連忙點頭說：「好。劉叔，這事情會很嚴重嗎？」

「暫時不知。」劉易士對兒子是既放任又緊張，不得不放任兒子從小就捉妖趕鬼，無法不緊張他的安危。

或許是時候給路樂下通牒，讓她無論如何都要回臺灣來。

飯店不遠，車開沒多久就抵達，劉易士下車，打開副駕駛座的門摸摸兒子的額頭，慶幸沒有發燒。

他拿起路揚的手機，輕畫了個十字，再將手機塞進路揚手裡，接著又跟姜子牙要了手機，同樣畫了十字再還給他。

劉易士仔細吩咐：「手機不要離身，它可以保護你一次，同時第一時間讓我知道你有危險，還會自動撥我的號碼接通，讓我可以聽見你的狀況。」

姜子牙聽得愣愣的，居然還能這麼幹？路揚以前怎麼不這麼做？

「路揚不擅長這種事。」劉易士看出他的疑惑，主動解答。

懂，路揚，專注砍妖一百年。

劉易士探進車子裡說：「好好看著路揚，不要讓他有危險。」

司機掛著笑臉，笑嘻嘻地應下：「哎，杭特大人放心，我這車門一關，比哪裡都安全！」

走離計程車一段路，姜子牙知道這不是重點，但還是忍不住問：「那個司機是妖嗎？」

「不，他是人，他的車才是器妖。」

姜子牙驚悚，他們坐的車是器妖！他們剛剛坐在妖身上？

劉易士笑著說：「你應該可以看穿，大概是沒想過車子會是妖，所以才沒發現。」

「讓路揚坐在妖上，不會有危險嗎？」

若是平常的路揚，哪路妖都不敢惹他，但現在路揚明顯沒力氣，還睡得那麼熟，讓他坐在妖車上，這太危險了吧！

劉易士一邊觀察飯店大門，一邊隨口解說。

「這妖車的年頭比清微宮還早，具體存在多久也沒人知道，聽阿路師說，他以前還是三輪車呢，後來才漸漸變成計程車，這名開車的『司機』沒幾年就會換人，只是接任的人似乎能夠傳承之前的記憶，不會忘記我們這些乘客。」

姜子牙聽得愣愣的，「傳承」二字，他好像在哪裡聽過——東皇太一！

劉易士低嘆：「將死之人靠著妖車存活，答應成為『司機』，車讓人多活幾年，完成未盡的遺憾，這行之有年了，沒有聽過妖車傷人，也不敢確定妖車存在這麼久，實力到底有多高，所以也就默認它的存在。」

除了妖車，還有別的妖被默認存在嗎？

姜子牙沒敢開口問，怕知道太多，以後再也不敢出門——這聽著怎麼很像御書那個萬年宅女的發言啊！

「直接進去，早點解決完就回去吧，你們奔波半晚也累了。」

話剛說完，劉易士喚出聖書，只見一本發光的書就迫不及待地衝進去，撞破自動門，碎了滿滿一地的玻璃，劉易士毫不畏懼地踩著玻璃碎片走進去，笑著朝姜子牙招手。

「走吧，聖書很著急呢，祂最討厭魔物了呢。」

就算面帶微笑，姜子牙覺得氣勢高漲的路易士．杭特大人跟他的聖書一樣，也很討厭魔物。

劉易士直接走向電梯，姜子牙連忙說：「王經理說電梯不能搭，開門以後，門外的場景根本不是飯店。」

「要離開七樓不行，但要上七樓應該不難。」劉易士想了想，收回聖書，說：「你去按電梯，免得魔物察覺不對，我在魔物面前不容易隱藏，若是它看情況不對就跑，後續要找會很麻煩，魔物向來擅長潛伏。」

姜子牙按了電梯。

兩人果然沒受到阻礙就抵達七樓，但電梯門一打開，面前是一道長廊，卻不是飯店走廊，而是像廢墟一般的石廊，一道道本應是房門的地方變成拱形石碑，上頭寫著繁複的花式字體，仔細一看，上頭貼著斑駁的照片，還寫著生卒年……

姜子牙反射性回頭一看，電梯消失了，一道生鏽的雕花鐵門纏著重重鎖鍊，一看就知絕對打不開。

「看來情況嚴重的程度上升了。」劉易士又多慎重幾分，問道：「你知道被困在這裡的人有多少嗎？他們的恐懼會讓魔物越來越強大。」

姜子牙想了想之前過來看見有多少人在。

「如果我看到的人都沒走，可能有二十個上下。」

「這麼多？」劉易士皺眉說：「這魔物不簡單，雖然人的恐懼會讓它強大，但首先要困住這麼多人，這本就不是容易的事情。」

姜子牙想起之前的圖書館事件，懷疑地說：「飯店鬧鬼有一段時間了，出事的房間很多，所以經歷過事情的客人也多，網路傳言四起，這魔物是不是藉此達到讓人恐懼的目的？」

聞言，劉易士不由得嘆氣：「魔物與網路，這組合似乎會越來越麻煩。」

姜子牙贊同地點頭，路揚也常謝謝電影大力造妖的貢獻。

但既然上來七樓了，劉易士倒是不懼，魔物這種東西嘛，不怕它出頭，就怕它躲著暗中發展。

舉例來說，被附身的人若是早期治療，恢復如常的機率很高，拖到中晚期，即使成功驅魔，人通常是不死也瘋的狀況。如同剛才的女人，下場只能進精神病院。

「禁不了網路，那就只好趁著魔物還年輕，先管制一下，禁止上網吧。」

聖書再次出現。

殤九歌

CH.3 傳承

節之一：剔

我們的名字是……

剔。

路揚張開眼，悲傷幾乎溢出胸口，臉上濕涼一片，手一摸，竟滿臉是淚。

什麼狀況？

路揚愣然不解，自己在哭什麼？連忙起身看看周圍，他在計程車的副駕駛座上，從車窗看出去，有一個人正靠在駕駛座的車外。

他拉開車門下車，司機倚靠著車子在抽菸。

「醒啦？」司機笑咪咪地說：「你可睡得真熟，這麼累，是抓了一天的妖嗎？」

路揚回頭看見頂星飯店，問：「他們進去多久了？」

「三小時，不過中途還有打電話問你的狀況，讓我轉達你醒來也不用進去，他們可以解決，只是人多跑散了，魔物又躲得深，有點麻煩而已。」

路揚點頭，卻還是皺著眉頭，無緣無故睡到哭，他還真沒有這種經驗，心下有點擔心是不是至親出了事？

但他爸好歹是專業解決魔物數十年的驅魔師，還有姜子牙這個用眼睛破界的犯規王，不應該會出事。

莫非是老媽？路揚一驚，立刻拿起手機，先是傳訊過去。

想剔牙：媽在嗎？

想剔牙：有人嗎？

想剔牙：？

何仙姑：臭小子這麼急是要做啥？你老子出軌了來給老母通風報信？

想剔牙：妳想得美，想離婚去吃小鮮肉，老爸立刻化魔纏住妳！

何仙姑：嘖！沒有肉吃，你是咧急啥？

路揚掙扎了一下，還是決定實話實說，丟臉事小，安危事大，他們這行業為了保命，可以不要面子的！

想剔牙：睡覺睡到淚流滿面，不知道是怎麼回事，爸那邊應該沒事，就敲妳看看有沒有問題。

等了一會，路揚沒等到訊息，卻等來電話。

路樂怒吼：「你今天做過什麼代誌，睡覺夢到啥，全部給我講清楚！」

習慣性失聯的老媽竟然直接打電話過來！路揚不敢隱瞞，一五一十地說清今天的行蹤，連林芝香的故事都說完整了。

路樂聽得有點懵，兒子怎麼留在臺灣還活得這麼精彩？聽得都比她和劉易士這對全世界飛來飛去的夫妻還忙！一天之內就遇見這麼多事，難怪劉易士留在臺灣不肯走，還天天打電話過來嚎兒子的事。

「夢呢？就講不能隱瞞！」

路揚委屈地說：「就沒做夢啊，能說什麼？」

「沒做，還是忘了？」路樂厲聲說：「詳細想，太上老君會助你想清楚！」

聽到這話，路揚一震，腦中突然清明了悟。

他深呼吸一口氣，冷靜地說：「和剔有關係，我聽到有人在說剔的名字，是男人的聲音，背景還有剔的劍鳴，那鳴聲聽起來很……痛苦。」

說到這，路揚心裡突然一個抽痛，嚇得他立刻召喚自家的劍，險些忘了，剔也是他的至親！

「剔？」

剔一如往常地出現，路揚也沒看出有什麼異狀，只好開口問：「剔，我的夢和你有關係嗎？」

剔發出劍鳴，路揚皺眉，反問：「有關係，但是不要緊張？」

短促的一聲劍鳴，像在回答「是」。

路揚沉默，雖然百分百信任剔不會害他，卻也感覺得出這把劍有事瞞著不說。但剔明明是自己十歲召喚出來的天生靈物，與他形影不離，到底是如何能有自己不知道的事？

雖然滿肚子的疑惑和擔憂，路揚還是捨不得逼迫自家的劍，只能發洩不滿似地用手指戳戳劍柄，像是在戳人腦袋瓜。

——不是，等等，剛才真的戳到啦！

路揚震驚，這動作不是沒做過，但只是象徵性地戳，從來沒有真的碰到剔！

路樂等了又等，一直沒聽到後續聲音，忍不住開口喊：「阿揚？」

「我摸到剔了。」路揚沒有進一步去握劍柄，他感應得到剔還是不想被握住，所以尊重對方。

路樂沉默了一下，果決地說：「明天來接機。」

啊？接誰的機？路揚慢半拍才突然明白過來，驚嚇得脫口：「妳要回來？騙人的吧？」

電話被毫不留情地掛斷了。

路揚瞪著手機，卻忍不住彎起嘴角。

「寶貝，你怎麼不多睡一會兒？」

路揚抬起頭來，看見自家父親和姜子牙一起走過來，後方有李山道人和他徒弟廖安順，最後是彼此攙扶的一群飯店員工，個個滿臉驚魂未定。

這邊也沒問題。路揚鬆了口氣，不管剔瞞了什麼，總之無關性命安危就好。

有種明明沒事卻把媽騙回國的感覺，但長年見不到母親的哀怨兒子沒有半點愧疚的心。

姜子牙突然站到路揚面前，上下打量對方。

「幹嘛？」路揚被看得渾身不自在，心想該不會是眼睛哭紅了吧？雖然為了命可以不要面子，但是不傷及性命的時候，還是想要點臉的。

「剛才魔物化成你的樣子，幸好電話能通，司機說你好端端地在睡覺。」姜子牙餘悸猶存地說：「今天過得真是刺激，在公寓先看你昏倒被綁，來飯店又見到魔物變成你。」

路揚無言以對，他平常根本不常遇見這種事，多的是根本不用剔出馬，畫一個符咒就解決的案子，否則他怎麼可能每天正常上學。

奈何姜子牙就是接二連三地撞見大案，路揚覺得自己真會挑案子，沒有一次挑對的，下次乾脆抽籤好了，說不定結果還好一點。

想到抽籤，路揚突然想打自己一巴掌，他挑案子的時候幹嘛不擲筊問老君呢？他在心裡對太上老君懺悔，有靠山還不會靠，老君知道都要罵他蠢了吧！

劉易士倒是很習慣看見幻象，勸慰：「魔物擅長玩弄人心，最常幻化成熟悉的人。」

話雖這麼說，劉易士身在國外時，看見的幻影通常是路樂，回國後接二連三看見兒子的幻象，做爸爸的小心臟還真是有點承受不住。

當初出國果然是對的，要是在國內接案，又是老婆又是兒子的幻象，他都不知道自己會不會想辭去驅魔師的工作，當家庭煮夫給老婆養了。

「這次真是多謝救命。」李山道人領著徒弟道謝，後者還臉色慘白，恍神到話都不會說了。

劉易士客套回應：「哪裡，這魔物擅長製造幻象，倒是沒有主動傷人的手段，等到天亮，你們應該也可以自行脫困。」

李山道人苦笑，話雖如此，但真的等到天亮，他這徒弟還不得半瘋？總之，這人情是欠下了。

真沒想到會遇見魔物這種罕見的東西，結果沒解決事情，還欠了份人情，李山道人心裡苦，但這虧只能吞下去。

「這個案子七三分帳，有意見嗎？」

路揚公事公辦，該收的絕對不會少拿，這錢本就是用命賺來的，要上繳部分給清微宮維持宮廟運轉，還得付搭檔的酬勞呢。

還有三成可拿？李山道人雙眼一亮，而且還能拿到剔的聯絡方式，這筆帳算起來不虧啊！

姜子牙看著路揚和李山道人交換手機號碼，還揮手召來王經理討論酬勞要在十天內匯款，這正常的景象，終於讓他釋懷魔物化成路揚的陰影。

那躲在床底的小黑團，像是公寓黑影的縮小版，並沒有黑影那麼駭人，但當它化為路揚的模樣，姜子牙還是沒來由地一陣心慌意亂……

「走吧，回家睡覺！」

路揚拍了拍姜子牙的肩，像個紳士般為同伴拉開計程車的車門，臉上帶著戲謔的表情，他兒時第一次知道這車是妖的時候，那個三觀都碎成渣渣了喔～

姜子牙僵硬地扭頭看妖車，有種要自己跳進妖嘴裡的慘烈感。

姜子牙正找著鑰匙的時候，家門就被一把拉開，姐夫江其兵面色不愉地說：

「快進來吧。」

一進家門看到熟悉的環境，一股放鬆的情緒就湧上來，姜子牙到這時才真的感覺到疲累。

「怎麼弄到這麼晚？」江其兵知道姜子牙去幫路揚，但也沒預料到他會這麼晚才回家，現在都凌晨四點了！

他不禁擔憂地問：「案子這麼嚴重嗎？」

姜子牙差點要說「嚴重」，還好及時把話吞下去，搖頭說：「沒有，半夜時有人被困在界裡，臨時找路揚求救，才會弄到這麼晚。」

江其兵點點頭，倒是沒有多擔憂，剮的威名赫赫，沒有道理比他這個半吊子還容易出事。

「我先去洗澡了。」

姜子牙正想回房間時，江其兵卻忍不住開口勸告：「子牙，可以的話，你還是把大學好好念完吧。」

江其兵知道接案子來錢很快，如果姜子牙以後想跟著路揚做事，大學畢業證書還真的是不必要的東西。

但是，他和姜玉的想法相同，姜子牙這麼懂事又聰明，是個念書的料，就該好好體驗校園生活，玩樂和念書絕對能兼顧的，他的未來簡直一片光明，根本沒有必要摻合道上人的事。

來錢快，要命也快。

「我當然會念完大學。」姜子牙不解地看著姐夫，是大學因為命案的關係提早放假，可不是他不念書了。

聞言，江其兵鬆了口氣，既然談到這話題了，他乾脆一口氣問：「那將來你有什麼打算嗎？」

「一邊幫路揚，一邊慢慢準備考研究所吧。」姜子牙老實說：「我對翻譯有點興趣，如果考得上，想試試口譯這方面。」

本來家裡經濟拮据，他是想畢業後邊工作邊自學就好，沒考慮過研究所，但現在學費和生活費卻不再是問題了。

坐計程車回程的路上，路揚說，姜子牙這次出力出得比他還多，該拿大頭，所以光是這一次，姜子牙能分到的酬勞是真的多，往後兩年的大學學費、生活費都有了。

不用煩惱金錢問題後，姜子牙就有想法了，比起其他朝九晚五的工作，口譯的工作時間短，接案也很有彈性，更能兼顧捉妖除魔的活動。

江其兵沒想到姜子牙竟然規劃要考研究所，他還以為對方打算直接靠接案子過活了呢！他高興地拍拍妻弟的背，大讚：「讀研究所好啊！口譯這個工作更好！你姐聽到一定很開心。」

「呃，搞不好考不上呢，先別抱太大期望。」

照今天的模式來看，考得上才奇怪啊！若不是放暑假，不用上課，他凌晨四點才回到家，除了洗澡睡覺還能幹嘛？

姜子牙深刻體會到路揚無法寫作業的辛酸，這傢伙能堅持上學已經很不容易了，以前自己老吐槽路揚不寫作業，他懺悔！

「你這麼聰明一定考得上，了不起就重考嘛！姐夫支持你！」江其兵對妻弟念書的能力一向很有信心，高興地說：「快去洗澡睡覺，明天讓你姐燉湯好好給你補一補，才有精力念書！」

姜子牙乖乖聽話去洗澡，他也很少熬夜熬到這麼晚，回到家一放鬆後，睡意整個都湧上來了。

洗完澡，姜子牙對著鏡子吹頭髮，他的鏡子裡沒有梳頭的女人，只有一隻藍色蝴蝶困在鏡中飛來飛去，常常停在倒影的頭上，像是姜子牙在頭上夾了蝴蝶髮飾。

蝴蝶翩飛，這一次，卻沒有停在姜子牙頭上，累得恍神的姜子牙吹到一半才發現不對勁，那隻蝴蝶停在另一個倒影的腳上。

他一僵，吹頭髮的動作卻不敢停，只偷瞄著那道人影，她站在房門外，因為外面沒有開燈，所以整個人隱在黑暗中，只看得見腳踝部位，垂著紅色的裙襬……

姜子牙偷偷伸手要去按下手機的快速通話鍵聯繫路揚——

「哥哥。」人影踏進房內，卻是一個小女孩，穿著粉紅色的蝴蝶結睡裙。

小雪？姜子牙及時收回手指，沒按下快速通話，放下吹風機，走過去抱起小女孩。

「怎麼了，想跟我睡嗎？」

吵著要跟他一起睡的事情，小雪做過不是一次兩次了，也是他今日實在太緊張，剛才都把小雪錯看成一個成年女性。

小女孩板著臉，想了想，點點小腦袋說：「嗯，今天跟哥哥睡。」

姜子牙突然發現自己認錯人了，驚訝地說：「江姜？」

仔細一看，可不是江姜嗎？雖然兩個小女孩長得一模一樣，神態卻大不相同，江姜像個小大人總愛板著臉，江雪卻動不動就嘟嘴撒嬌。

只是小雪常常上門要跟他睡，江姜卻不曾有過，所以姜子牙才一時錯認了。

孩子嘛，想一齣是一齣的，姜子牙也不奇怪，先到門口貼字條說江姜睡在他這裡，隨後就抱著女娃上床睡覺。

真是累了，姜子牙都沒力氣先哄孩子睡，躺上床，濃濃疲憊感湧上來，幾乎是立刻陷入夢鄉……

直到脖子傳來劇痛，還有吸不到空氣的窒息感。

姜子牙掙扎著張開眼睛，入眼的是江姜暴怒地掐住他的脖子。

她怒喊：「你身上沾染到魔氣，你去做什麼了？為什麼要接觸那種東西！」

姜子牙哪顧得上回答，一把推開女孩，連吸好幾口空氣。

雖然江姜很不對勁，但外表仍舊是小女孩，並沒有特別變化，連力氣也沒有大到不能掙脫，當江姜再次撲上來的時候，姜子牙只是抓著她的肩膀，就讓她動彈不得。

「江姜？」抓住以後，他看著滿臉憤怒的女孩，卻不知該怎麼辦。

這時，房門被撞開，小雪衝進來，從後方抱住江姜，高喊：「江姜！妳再欺負哥哥，媽媽要生氣了喔！」

江姜一個呆滯，怒容消失，小女孩茫然不知自己怎麼會在這裡，皺皺小鼻子，抱怨：「哥哥，你好臭喔，沒有洗澡澡嗎？」

姜子牙茫然不知到底怎麼了。

姜玉和江其兵兩夫妻也衝進來，姜玉更是一把從姜子牙手上抱走江姜，小女孩立刻把臉埋進她懷裡，姜玉輕聲哄著，嘴裡哼著不知名的童謠。

江其兵不解地問：「發生什麼事？」

姜子牙不知該怎麼說，這夫妻兩人根本不知道江姜有問題，他能怎麼解釋？

小雪露出哀求的眼神，輕輕搖頭。

他只能先敷衍：「江姜大概是做惡夢了，喊個不停。」

江其兵不解地說：「江姜是什麼時候跑過來的？」他抱歉地說：「是我們沒注意，你都累了，還讓江姜鬧你。」

「沒事……」

江其兵牽起小雪的手，搭著老婆的肩膀，「好了，哥哥累了，我們回房間去，讓哥哥自己睡覺喔。」

姜子牙有點擔憂，不想讓江姜跟姐姐他們走，小雪卻回頭無聲地阻止：沒事的，哥哥睡覺喔！

他躊躇，最終還是沒開口。

這都是什麼事呀！

姜子牙無力地往後倒在床上，卻疼得「嘶」了一聲，只好起床照鏡子看看怎麼回事。

他的頸項被掐出青黑的手印。

節之二：司命

在鬧鐘響之前，傅君就打了個大哈欠爬起來，一如往常按掉鬧鐘，乖乖地起床洗漱，什麼賴床不肯起來，不存在的。

傅君走進廚房兼餐廳，那裡也一如往常有個人在做早餐。

「早安。」

那人的動作一停，微微側身，點頭致意，然後繼續煎荷包蛋。

傅君打開冰箱，拿出牛奶來倒，同時說：「我的吐司要夾兩片起司！」

那人點了點頭。

「太一又不知道去哪裡，都沒回家睡覺。」傅君倒著牛奶，抱怨：「這次不知道要消失多久，你知道他居然帶走兩套衣服嗎？兩套！之前他偷偷搭飛機出國，也不過帶兩套衣服。」

傅君坐在餐桌上，委屈地喝著牛奶，當初傅太一口口聲聲說會做個稱職的爸爸，結果一天到晚不見人影。

一雙手端上盤子，盤中是吐司夾荷包蛋火腿雙起司，還放著生菜沙拉和小番茄，看起來非常美味。但再美味的食物也敵不過那雙手帶給人的恐慌，手纏著滿滿的繃帶，連手指都細細纏繞，沒露出一丁點皮膚，純白色的繃帶寫著密密麻麻的黑色篆體字，讓人一眼就發暈。

放下盤子後，駭人的繃帶手放到男孩頭上，揉了揉。

「還好有你在，不然我就一個人了。」傅君心情低落地說。

手機傳來叮咚的訊息聲。

司命：有我在，傅太一才敢走。

傅君可不敢這麼有信心，咕噥：「誰說的，找人比我重要多了。」忿忿地咬了一大口吐司。

司命：沒有我，他就會帶著你找，但有我在，你可以好好上學。

看見這解釋，傅君覺得心情好了一點。

這時，纏著繃帶的人也拿起湯匙進食，他的食物不是美味的吐司蛋，是一堆如糨糊的灰綠濃稠物，看著令人食欲全無。

「今天會疼嗎？」

傅君每天都看他吃飯，卻每次都感到難過，糨糊般的食物，還有持續不斷的疼痛，不能想像這些年，司命到底怎麼堅持下來的。

司命：不特別疼。

還是會疼就是了？傅君憂心忡忡，頓時覺得自己無理取鬧，如果傅太一早點湊齊九歌讓傳承完整，司命說不定就可以不疼了。

至少傅太一是這麼說的。傅君希望是真的，他沒有多在意九歌湊不湊得齊，但是司命這個樣子，看著讓人太疼了。

頭又被揉了揉，傅君低著頭，不想讓對方看見自己難過的表情。

「我去上學了。」

傅君走下樓，樓下是九歌書店，姜子牙說過今早恐怕沒辦法來，傅太一又不在，沒人開店，只好又關店不做生意。

不，其實也不是真的沒人，司命明明都在的！

傅君回頭一看，司命朝他揮手再見，對方全身纏滿繃帶，唯一露出來的部位是眼睛和嘴唇，眼周皮膚卻是褐紅色，皺褶不平，嘴唇甚至是黑褐殘破的。

但即使是如此可怕的外表，那雙眼睛仍舊溫潤，帶著淺淺的笑意。

司命一定是個很適合書店的人。

傅君一直都這麼想。

待傅君上學去以後，司命打開廣播，孤身坐在櫃檯，在主持人溫和的「早安」聲中，翻起太一給他留的書，驚奇地發現書裡的吸血鬼有了新能力，讀心術。

該說不愧是他最喜歡的角色嗎？竟有了和他相似的能力。

司命有些愉悅，繼續翻著書，卻突然一滯。

東皇太一：司命啊，小東很生氣嗎？

司命想了想早上的狀況，傅君一開始不斷抱怨，後來卻又恢復平靜，最後乖乖去上學，每次都是這般過程，這次似乎也沒有例外。

司命：普通生氣。

東皇太一：這樣啊，你幫我多哄哄他，我感覺到一絲氣息，這一次或許真有希望找到人，得花費一點時間才能回去。

司命：他已經知道了，畢竟你帶走兩套衣服呢！（謎之微笑臉）

東皇太一：……我會盡早回去。

司命：不急，仔細找找吧，小東君會理解的。

東皇太一：唉，那我怎麼每次回去都得面對兒子哀怨的小臉蛋。

司命：他會理解的，只要不再發生來不及拯救同伴的這種事情。

許久，東皇太一才傳來回應：絕不！

看著那兩字，司命對自己感到氣惱，太一哪需要人提醒這點，他又何必重提舊事，這跟直接在太一胸口刺一刀有什麼差別？

司命永遠記得當時的情況，傳太一非要讓自己跟他過去迎接新同伴，他非常高興，找了許久，才終於得到一個新同伴的消息。

司命本不想去，怕自己的模樣嚇到新同伴。

「你的模樣怎麼會嚇到誰呢？誰不知司命溫潤如玉，能撫平死者心中的惶恐，唯有在迎接惡魂時，才會映照出同樣的惡來。」

司命唯有苦笑，被祝融毀滅的身體，何來的溫潤如玉，但他還是拗不過太一的堅持，只能答應一同前去。

然而，就遲了那麼一步，他們最終只見到已經失去氣息的東君，血流了滿滿一地，但就算幾乎流光體內的血液，他還是緊緊抱著幼弟，背脊像是一面盾牌，牢牢擋住所有傷害。

回想當時那個場景，司命突然感覺胸疼欲裂，幾乎喘不過氣來。

好不容易緩過來，抬頭卻看見一個人正站在書店門口處，司命方才疼得太厲害，竟沒聽到有人進來的聲音。但其實不要緊，即使是小偷，也得被他這惡鬼模樣嚇得落荒而逃——姜子牙？

司命一僵，卻是無奈，不是說不會過來嗎？

見姜子牙瞪大眼，遲遲不敢有任何動作，司命真怕他嚇出個好歹。訊息聲突兀地響了，姜子牙並沒有查看手機，司命無奈，只好拿起一旁的手機搖了搖。

姜子牙的臉色很古怪，但他還是拿起自己手機查看。

司命：你面前的人是我。

姜子牙瞪著手機，又抬頭看看櫃檯後的人，心裡有一百個疑惑待解答，卻先納悶地問：「為什麼這麼近還要傳訊息，你不能說話嗎？」

司命：不能。

姜子牙頓時尷尬了，結結巴巴地道歉：「對、對不起，我不知道，你看起來完全不像不能說話的樣子。」

不像？司命詫異。

司命：你眼裡的我是什麼模樣？

姜子牙認真地打量後描述：「跟老闆有點像啊，衣服樣式看得出跟老闆的玄底金邊長袍是同一個年代，不過顏色是灰底銀邊，頭戴銀髮冠，但是沒像老闆那樣綁成髻，頭髮披散著還真有型，對了，你的面具半陰半陽挺獨特的，能摘下來嗎？」

司命摸了摸臉，哪來的面具，只有層層疊疊的繃帶，每兩個禮拜，太一就得幫他重新纏上咒符，否則身體的疼痛能直入骨髓，疼到最後恐怕會直接要了他的命。

司命：不能吧？

為什麼是問號呢？雖然姜子牙有點好奇司命的長相，看著是個氣質很好的帥哥，摘下面具後搞不好不會輸給御書的兩個兒子，但對方不想摘面具就算了。

「你怎麼突然現出原本的模樣坐在這裡看書？」看的書還不是古籍，是御書的書，上面畫著吸血鬼帥哥的那一種，剛才司命搖著手機時，整個違和感都要衝破天際啦！

原本的模樣嗎？司命的心情有點複雜。

司命：書店沒開的時候，我就會下樓看看書。

姜子牙覺得有點對不起人，人家都努力避開他了，他偏偏還要來被嚇個半死，能怪誰呢。

「你沒辦法像老闆一樣，平常變成現代人的樣子？」

你是不是有什麼誤解呢？司命哭笑不得，他不需要變就是一個如假包換的現代人。

姜子牙遲遲沒收到訊息，以為對方不願說，只好轉移話題道：「那現在要開店嗎？還是我下午再來？老闆會回來嗎？」

司命好久沒有這麼輕鬆和人相處，對方既不害怕，也不難過，就是有些驚奇，真實之眼看見的世界果真不同，他想了一想。

司命：太一出遠門了，這幾天都不會回來，不如你現在陪我看看書，等會我準備午飯給你吃，吃完再開店？

姜子牙受寵若驚，一個穿著氣質像神仙似的人說要準備午飯給他吃！他覺得無以回報，只好問：「你喜歡御書的書？她就住在我家對面，要不要幫你要簽名？」

司命：！

司命：要！

姜子牙心安理得地坐下來，至於拿書給御書簽名算不算又欠人情，這已經沒差了，欠御書的人情反正怎麼都算不完。

姜子牙此時一點都不想看書，只想閒聊，看看能不能聊出一點九歌的祕辛，讓他對自家老闆多點認識。

正想找個話題起頭，他一低頭就看見司命的手放在御書的小說上，說實在話，這種彷彿修圖過的瑩白手掌，華麗的古裝衣袖，就應該配一卷竹簡，結果是日式動漫吸血鬼帥哥封面的小說，真的有夠不協調。

但幸好不是竹簡，姜子牙想到如何開始聊天了。

「你看到書裡的吸血鬼有新能力了嗎？」

司命：有的，是讀心術。

「不知道我家對面的管家先生會不會也發展出讀心術？」

司命欲言又止。

司命：你擔心他讀你的心嗎？讀心術並不是那麼容易的能力，即使他有，也不能時時刻刻使用。

姜子牙搖了搖頭，說：「你不認識管家，雖然他人很好，總是笑笑的，但是他什麼都清楚，說真的，我覺得管庭都沒有他可怕，有沒有讀心術根本沒差吧！」

司命滿眼笑意。

「今天早上他居然端咖啡給我！以前管家都給奶茶的，今天我一進門，什麼都沒說，他第一次端咖啡給我，他居然知道我整晚沒睡！」

姜子牙比著自己的臉，懷疑地問：「我看起來沒有一臉想睡吧？」

司命：沒有，你失眠嗎？

姜子牙不自在地摸摸脖子，只摸到襯衫的立領，釦子還得扣到最高才不會露餡，熱得他暗暗叫苦，還煩惱要找什麼藉口，才能這幾天都避開路揚，要是被路揚看見這掐印，他根本沒法解釋。

被江姜嚇醒後，姜子牙躺到床上翻來覆去怎麼都睡不著，好不容易熬到早上，匆匆吃過早餐就說自己有事出門，其實是跑去對面御書家，現在也就只剩御書知道他家有個「真」了。

結果沒見到御書，她根本不可能那麼早起床，管家說她沒睡飽的起床氣或許比「真」還可怕，不建議叫醒她。

姜子牙還能怎麼辦，乾脆就來書店開門營業算了，這才意外撞見司命。

真是意外之喜！姜子牙覺得老闆穿上古裝的時候，氣勢有點強，根本不敢跟他隨便開口，但是司命的氣質看起來就很溫柔，沒有那種壓迫人的氣勢。

「我跟路揚去做案子，熬夜熬過頭，結果就睡不著了。」

姜子牙覺得愧疚，欺騙司命這樣溫柔的人，還想著要套話，但再愧疚，他還是有太多疑惑想得到答案。

「老闆今天跑掉之前，跟我說了很多九歌的事情，為什麼突然願意跟我說了？」

司命：他找人找得急了，而且你最近已經知道很多事情，不再需要顧慮把事情說出來會將你拉入危險中。

司命：你若想知道什麼，可以直接問，我會告訴你所有你能知道的事情。

姜子牙躊躇了下，問：「你認識我爸媽嗎？」

司命：不認識，我這副外表沒有辦法見任何人。

「也是，一看就是個神仙，等等被抓去切片。」

司命但笑不語。

司命：對於你爸媽的事，太一知道的也不多，他照顧你就像照顧傅君，被人託付後就盡心盡力，九歌曾欠你父母一份大人情。

等等，姜子牙突然發現自己知道了不該知道的事，傅太一和傅君不是親父子?!

姜子牙沒有就這個話題繼續問下去，他沒有要打探老闆和傅君的隱私，只是想知道老爸到底去哪了，還有就是多了解一些裡世界，免得跟路揚去辦案的時候幫倒忙而已。

「我爸有留聯絡方式給你們嗎？」

司命：太一說，別找他。

周遭的人都說不要去找，姜子牙也不是一定要反著來，只是江姜和小雪的事情在不知真相的情況下，實在不知怎麼處理。

小雪的事還能找路揚商量，頂多就是小雪成不了「真」，以後得裝病待在家裡不去上學，只要瞞過姜玉就行了，但江姜卻是只有對門鄰居知道的祕密。

姜子牙摸著脖子，本以為江姜已經沒問題了，假以時日，就是她姐的女兒，真的不能再真！但昨晚……

電話鈴聲突然響起來，正沉思的姜子牙跳了一大跳，一看來電人是路揚，頭皮都發麻了，但還是只能接通電話。

「醒了沒？」路揚的聲音還帶著鼻音，聽著就是剛起床不久。

「醒了。」姜子牙滿腦子都是該怎麼編謊言才能騙過路揚。

「沒做惡夢吧?待會過來清微宮拜拜，最近的案子真是誇張，來拜託老君給我們輕鬆簡單的案子。」

姜子牙乾巴巴地說：「改天吧，昨天太晚睡，今天頭很痛。」

「感冒了嗎?」

「沒有，就是不習慣晚睡，今天、呃，接下來的幾天可能得待在家休息，沒辦法跟你出去了。」

話說完，姜子牙覺得自己簡直可疑到極點，路揚會信才怪啊！

電話那方沉默了一下，路揚說：「好呀，我這幾天也只想接接輕鬆的小案子，自己跑跑就行，你先好好休息吧。」

掛斷電話後，姜子牙有點難以置信，就這麼搞定了?

想了想，他還是跟司命致歉，沒辦法留下來開店，接下來幾天也沒法來了。

姜子牙可不想顧店時，路揚突然走進書店來跟他面面相覷，光是想想就覺得是一局必死修羅場！

現在只能希望脖子的手印趕快退掉了，姜子牙苦惱得有種衝動想回家掐住江姜，怒吼：「能不能掐T恤遮得住的地方？能不能妳說啊！」

節之三・路樂

路揚插完香，心事重重地走下大殿臺階，在香爐旁邊看著煙氣發呆。

「怎麼了？寶貝，老君有跟你說什麼嗎？你怎麼一臉不開心？」

剛走進前殿，劉易士看見兒子神色不對，頓時有點緊張了，莫非太上老君有什麼指示？路揚一臉憂心的表情，看著似乎不是好事。

「沒有，是子牙那邊。」路揚抬起頭來，說：「他好像被昨天的案子嚇到了，說頭疼，接下來幾天要休息。」

他開始懷疑自己把對方拉進來辦案是對是錯了，雖然姜子牙一直說要幫忙，但搞不好是在勉強自己？斬妖除魔，不時還得被各種幻象精神折磨，畢竟不是一般人會想面對的事情。

只是，公寓的黑影真有那麼可怕嗎？

路揚有點難以置信，之前徐喜開弄出圖書館復活術那麼扯的案子，死者一個個死狀悽慘，界裡出現各種誇張的幻象，路揚都不敢說他以前辦過的案子中，有哪件比這一次更誇張。

姜子牙都親身經歷這個案子，過後也沒見他說不想再繼續下去，現在卻被公寓的黑影嚇得說頭痛不想做任務？

他這個被黑影包住的人都沒感覺有多可怕，就是累了點，雖然在車上睡了三小時，但回家躺上床還是跟斷線似地秒睡。

「嚇到說頭疼要休息？」

劉易士一愣，他確實覺得姜子牙對黑影的情緒有點不對，這黑影又禁錮過路揚，所以讓對方過後打電話來詳說，但竟嚇到提出休息，這就真的有點嚴重了。

「要不，你擲筊問問老君？」劉易士提議，說完就快速在胸前畫個十字跟主懺悔。

對啊，路揚覺得有老君不靠，自己在這邊苦惱，真是個大傻蛋，連忙從神桌取筊杯，雙掌將筊杯握住，開始講自己的疑惑。

「老君在上，請聽弟子路揚的困惑，昨晚接到一個案子去公寓解決事情……敢問老君，公寓的黑影是一個大威脅嗎？」

手一抛，雙反面，陰筊。

不是？路揚皺眉，還是他問的方式不對？黑影再怎麼樣可怕，對老君來說，當然不會是大威脅。

「黑影可會對人造成大危害？」

再抛，還是陰筊……

「黑影會對姜子牙有害？」

陰筊。

連擲三陰筊，路揚直覺這些問題的答案並不是否定，而是老君不要他碰這個案子的意思。

他皺緊眉頭，拿起筊杯，遲疑了下，還是擲出去。

「弟子的友人姜子牙應該再繼續跟弟子一起辦案嗎？」

一陰一陽，聖筊。

路揚既鬆口氣，又再擔心地問：「但是，姜子牙是不是不想再辦案了？」

這問題拿來問老君是有點胡鬧，但路揚恃寵而驕，平常沒少亂問問題，還會擲筊問老君最近想吃什麼供品呢。

筊擲出去，明明力道和剛才一模一樣，筊杯卻歪得噴飛到神桌下，根本別想看到是什麼筊。

老君嫌他煩了，路揚沒敢繼續鬧老君，乖乖趴在桌底把筊杯找回來，大力感謝一番，再將筊杯放回神桌上。

路揚不再多想了，既然老君用聖筊欽定，那就讓姜子牙緩個幾天後乖乖回來辦案吧！

劉易士突然想到什麼，興致勃勃地說：「乾脆這幾天別接案，正好你媽回來，我們帶上你阿公阿嬤，來個全家出遊吧？」

路揚雙眼一亮，卻又遲疑地問：「媽肯嗎？」

他老媽看著不像，但真的是一個工作狂，要是看到他手上累積的案子，肯定二話不說就立刻拿去辦。

劉易士左右看了看，彷彿怕老婆突然從旁邊冒出來，低聲跟兒子說：「找你外婆串通一下，在飯桌上提出來，如果她反對，就讓你外婆出馬說說，你在旁邊裝可憐，肯定能成功！」

這場景在路揚小時候發生過無數次，只是他沒跟外婆串通，全是真情流露，記憶中少少幾次出去玩，就是在這種情況下發生的。

「乾脆去接機的時候，連行李都帶上，吃完接風餐就直接出發吧！」

劉易士說得喜孜孜，越想越覺得是個好主意，至於清微宮沒人在怎麼辦？沒事，有這麼多老人家幫忙看著呢，再不濟也有太上老君在，千萬別當老君是吃素的，別的廟宇是分靈居多，這裡可是常常有真尊降臨——咳咳！主啊請原諒我，您是唯一真神……

看著老爸狂畫十字，路揚笑了出來，外表乍看很正經的老爸，以及外表狂……咳咳，一言難盡的老媽，其實內裡正好相反，根本是老媽拖著老爸在工作的道路上狂奔不止，外人全都誤會了，每次有事都是去求他老爸，只有熟識的人才知道，聯繫他媽才有用啊！

路揚笑看父親，心中似有靈犀，這個計畫不會成功，但他還是沒開口阻止劉易士，大概他還是忍不住帶著點期望，希望真的能夠全家出遊……

接近傍晚的時候，路揚全家已經在機場等著接機，路樂下好決定後，動作一向是迅速的。

飛機一如往常地誤點，阿路師臭著臉說：「回來就自己回家，有老北來等女兒這種代誌嗎？」

小春嫂笑咪咪地說：「這有啥，來機場走走真好，看到女兒比啥咪攏重要！」

劉易士和路揚沒開口幫路樂說話，他們都看得出來，老人家嘴上抱怨，心裡可高興著呢！

路樂走出海關時，路家人一眼就看見，她穿著黑色上衣和長褲，短髮造型十分俐落，雖然兒子都上大學了，但她看著卻完全不老，說是三十來歲也說得過去。

她拖著巨大的銀色金屬行李箱走過來，箱上還大剌剌貼著一堆符咒，引得旁人側目，搖頭嘆氣說現在的人真是亂來，行李貼紙和束帶還做成符咒的樣式，真不吉利喔！

路揚看著那行李箱上的符咒，無言以對，這是拖了一堆被詛咒的東西回來嗎？看來清微宮的地下室又要增加許多「收藏」。

「爸、媽。」路樂先打招呼。

阿路師哼道：「還知道返來喔？」

聞言，路樂也不在意，年輕氣盛時還會不服氣，跟阿路師頂嘴，但如今兒子都上大學了，自己長年在國外，心中有愧，哪還會跟父母槓來槓去，頂多是故意槓著逗逗嚴肅的老爹呢。

「女兒好不容易返來，你講話這麼歹聽，等等女兒跑掉就有得你哭！」小春嫂上前挽住女兒，拍拍她的手說：「麥聽你爸黑白講，妳回來真好。」

阿路師哼哼唧唧的，愣是沒再說出半句不中聽的話來。

「親愛的，我好想妳啊！」劉易士的位置被岳母占了，不敢抱怨，只能委屈兮兮地站在旁邊。

路樂挽著老媽，不理會老公，看向兒子，上下掃了好幾眼。

她驚奇地說：「原來你長得這麼大隻，不比你老北矮呀！」

路揚吐血的心都有了，連自己兒子長多大隻都不知道，看看這老母有多久沒回來看兒子！

「不是一直有傳照片給妳看嗎？」很大隻的兒子咬牙說。

「你在照片裡看起來不高，比姜子牙矮那麼多。」

路揚氣成關公臉，那是姜子牙除了長得高，人又瘦，看起來就是個大長人，不是他矮好嘛！

「不過生得不錯，有英俊！」路樂摸摸兒子的腦袋，就算長得比她高了，那也是自家兒子，這腦袋絕對是想摸就摸。

路揚抽抽嘴角，為了來接機，他足足抓上半小時的頭髮才覺得滿意，結果一秒就被老媽毀滅。

是看在老媽稱讚他英俊的分上，才讓她繼續摸的！路揚忍著沒閃開，只是瞪了旁邊偷笑的劉易士一眼。

「裡面有啥？這麼大箱。」阿路師看了行李箱一眼。

「一堆要丟地下室的東西，還有專門請的十字架。」路樂把行李箱丟給老公，專心挽著小春嫂走。

「黑白來！」阿路師的臉頓時臭翻天。胡鬧啊！拿十字架返來，是要放哪？

拿回宮裡是不怕太上老君生氣喔！

啊，真的有可能不怕。見路樂有恃無恐，阿路師想起老君從小對自家女兒和孫子多有偏心，恐怕真會睜一隻眼閉一隻眼。

「聽說有魔物出現，拿十字架返來試試，有效的話，以後就把十字架加入道器裡面。」

阿路師一口老血哽住差點沒噴出來，十字架是哪門子的道器！

劉易士也是哭笑不得，提醒：「樂樂，十字架對路揚來說，可能還沒有凌空畫符有效。」

缺乏對主的信仰，十字架能發揮的效果恐怕連三成都沒有。

「試試而已。」路樂倒是不在意，長年在國外解決稀奇古怪的事情，她早就看開了，能夠發揮效果的東西就是好東西，管他是神器道器佛器。

就算太上老君知道也不會太責怪她，頂多給幾個陰筊，或是瞬燒幾把香表達不爽，但只要能有效解決案子，路樂是真的確定老君不會太怪她。

由此可知，路家女兒和孫子是一脈傳承的有恃無恐、恃寵而驕。

「現在直接轉去那個公寓看一下。」

上了車，路樂對開車的劉易士說完，又朝副駕駛座喊：「爸，等下你在車上玩手機就好，不要下車。」

阿路師哼道：「手機有啥好玩！當作我是你們這些少年仔喔！」

路揚心中「呵呵」兩聲，不知是誰第一次被孫子教會用手機打牌就打到半夜，被老婆念還不緊去睏！

阿路師罵歸罵，對於女兒一回來就趕著解決孫子身上的問題，還是滿意的，這整天趴趴走的老母總算是有在關心兒子。

為了避免麻煩，路揚途中就打電話找來胡立燦，免得又被人報警處理。

胡立燦一接到電話，也是樂得過來，平常還得三拜託四請求，路揚才肯接個案子，現在主動要求解決，他絕對可以隨傳隨到，還自費帶飲料過來給路大師解渴。

結果一過來卻發現清微宮全員出動，嚇得胡立燦手上的飲料都掉了。

「這、這是多大的案子？」

胡立燦臉色發白，上次的圖書館案也不過出動父子倆，這次連阿公和老婆都到場，該不是全公寓都已經遇難了吧？

「別亂想，去接我媽的機，順便過來看看而已，這公寓的東西比較古怪，我爸媽他們比我擅長處理這類案子。」

聞言，胡立燦立刻奉上名片給路樂。

路樂倒是沒拿，「免了，我老公有傳你的手機號碼給我。」

看胡立燦蠢蠢欲動，似乎想去跟車上的阿公遞名片，路揚趕緊說：「上樓吧！我們晚上訂餐廳要家庭聚餐，如果時間來不及就不看囉！」

胡立燦只能遺憾地放棄認識阿路師，反正看對方沒有下車的意思，多半是不想認識他。

胡立燦帶三人上樓，同時說明：「那個家暴倖存的女人徹底瘋掉了，聽說在醫院鬧一整個晚上，到白天才安靜下來，這只有送精神病院的下場，路大師你說這公寓還能住人嗎？五樓還住著一對兄妹啊……」

「別叫我路大師。」路揚翻了翻白眼，被熟識的人叫路大師，怎麼聽都能聽出一股嘲諷味來，拜託，叫路揚就好！

胡立燦咳了一聲，拜託道：「路揚，你今天能不能確定，這公寓還會不會出事？如果會的話，我拚著被屋主投訴，也得想辦法把租戶都逼走。」

「看看再說。」路揚也無法保證。

三人進屋子，路樂隨手拋出一個銀色十字架到牆角，然後在屋子四處查看。她找了一圈，沒發現異狀，回頭問：「你已經用書掃過一遍？」

劉易士點頭。

她思索著說：「這間五樓厝，舊時可能是四樓半的厝，一大家人住，頂樓只有一半，通常用作神明廳，應該是後來加蓋變成五樓出租，我猜，這邊就是神明廳，另外一邊是加蓋的違建，所以這邊出問題，另外一邊無代誌。」

路樂沒有兒子那把犯規的劍，所以學習知識和道家手法倒是比兒子更認真，經驗也豐富，雖然久未在臺灣辦案，但很多事情還是記得的。

這種舊樓房，路揚年紀輕不熟悉，劉易士更是不可能知道違建加蓋的問題。

路揚不解地問：「如果是神明廳，應當更不會出事才對，難道供奉的不是神明，而是其他邪性的東西？」

路樂沉吟：「有這種可能，還得查查當時的紀錄，若真是邪性的玩意兒，還殘存到今時，當初一定發生過大代誌。」

路揚恍然大悟，為何姜子牙會被這個案子嚇得頭疼想休息，如果真是被供奉過邪物，那他真的是對不起搭檔啊！

懷著愧疚，路揚走到房間外，對胡立燦說：「查查這裡是不是發生過什麼事，能查到多久以前就查多久！」

通常路揚只要求對方附上十年內出過問題的資料，但這一次，他是憋著一股怒氣要查清楚，否則姜子牙不是白受罪了嗎？

胡立燦答應了。

屋內，路樂足足看了三圈，連牆壁都敲敲看，還是沒發現問題，納悶地心想，莫非殘存的邪性少，劉易士的聖書就足夠解決？

「啥都沒有。」路樂暫時沒轍了。

聞言，劉易士走到角落撿回路樂剛拋下的十字架，銀製的十字架已經變得黑舊無光，彷彿不是被丟在那裡三分鐘，而是三年。

劉易士和路樂的臉色都沉了下去。

「孩子的眼光很準，這裡確實不對勁，只是藏得很深，連我們都看不出異狀。」

身在不祥之地，路樂沒直接說出「姜子牙」和「真實之眼」，除非在清微宮裡，否則她不會吐出「真實之眼」這四個字。

「爸媽，好了嗎？」路揚探頭進來問：「時間差不多，該出發去吃晚餐了。」

「好！」路樂應了，「先去吃飯，回去清微宮問老君看看。」

「路揚問過了，老君說不是威脅。」

聞言，路樂皺了皺眉，還是決心自己回去再問一次，哪怕老君嫌她煩，還是要問出些線索！

三人下樓後，劉易士對胡立燦說：「樓梯間的妖物被我兒子清空，五樓也被我掃過一遍，五樓那對兄妹被林芝香下過祝福，照理說應該沒問題，但也不保證一定不會出事。」

胡立燦一聽，這是下血本了，他卻連輔助金都沒法申請給路家人，哪還敢抱怨。

上車後，三人的心情都不是太愉悅，若只是白擔心就算了，但若有事，這藏得越深，越是麻煩。

隱藏得這麼深，短時間內可能真的不會有問題，若是一般道上人早就離手不管，又難處理，又拿不了多少錢。

但清微宮出來的人可不會這樣辦事，留著隱患壯大，到後來誰知道這坑要多少人命去填！

路家三人苦惱的表情相似到沒人會懷疑這不是一家人。

這時，阿路師突然開了口。

「這間厝我來過。」

殤九歌

CH.4 家

節之一：團圓飯

「路樂那時有跟我來這間厝。」

阿路師的話一出，所有人的注意力都被吸引過來。

聞言，路樂倒是不奇怪。年輕時，她跟著阿路師到處斬妖除魔，去過的地方多到記都記不住。

後來認識劉易士，知道許多國外奇異又危險的案子，還跟對方去解決過幾處出大問題的地方，最後再請示老君，這才長年待在國外。

臺灣還是相對安全的地方，即使有妖物作祟，大部分道上人都能輕易解決，但路家既得了老君偏愛，就合該多做一些。

最近，兒子遇過的案子倒是越來越詭譎危險，這是久久累積起來爆發的事件，還是有人在興風作浪？

路樂皺眉，本來想盡快搞清楚兒子身上發生的事情，好出國繼續辦案，手上累積的案子一個個都是真的要命。

現在嘛，計畫還是相同，但是時間可能要拖長。

「這個案子是我們解決的？」

路樂對這幢公寓沒有印象，但只要阿路師說清楚解決的過程，她一定能回想起來，但如果是他們解決的代誌，這邪物該不會是特地找她兒子報復？

「不是，那時候，我們兩個人在外地，接到消息趕回來的時候，代誌已經解決囉，整個房間都燒成黑色，但是火竟然沒有燒出房間，倖存的女人說他們的女兒燒死在裡面，還有一個大師也無出來，應該是犧牲啊。」

聽到犧牲的大師，路樂終於想起來這個事件，當時她很敬佩對方，為了解決妖物而犧牲。雖然沒有成功救到人，但當時現場的狀況非常慘烈，能夠做到與妖物同歸於盡，這大師的能力已經十分高強！

「道上就猜那個犧牲的大師是林易，聽人講代誌發生時，妖氣沖天，有法度解決的大師不多，後來，林易無再出現，應該就是他沒有錯。」

阿路師回想當年，惋惜地說：「我沒有見過林易，但聽說他那時才二十來歲，人嘛是好的，他師父逝世後，林易這個少年家也沒斂財，確確實實接案解決問題，可惜啊，天妒英才。」

路樂也嘆息：「難怪林大師會犧牲，竟然是臺灣罕見的魔物，等級一定真高，符咒的效果有限，一般的方法無法度對魔物造成傷害。」

這倒不對。阿路師想開口解釋，雖然不認識林易，但林易的師父生前，他倒是見過幾面，對方有一支——

車子突然一個急煞，坐在後座的路揚立刻朝旁邊伸手，擋住小春嫂的身體，免得她猛然前傾下，又被安全帶強力勒住。

「SHIT!」劉易士嚇得脫口就罵，一個人影突然衝出來，橫穿馬路中間，若不是在市區巷弄，他開車的速度不快，差點就來不及煞車。

對方一見闖禍，竟就這麼跑掉了。劉易士惱怒地都想送他一張俗稱「倒楣符」的運符，路樂出品，品質保證，霉運連連！

他看向隔壁座位的阿路師，擔憂地問：「爸，你沒事吧？」

阿路師皺眉看著車前，緩緩地說：「無事。」沒再開口說其他的。

劉易士轉頭看後座的狀況，幸好兒子還是那麼可靠，及時用手撐住小春嫂，看大伙都沒事，他放下心繼續開車，只是速度又放得更慢了。

沒多久，路揚連忙讓老爸靠邊停車，他訂了上次的烤鴨店，之前被路樂放鴿子，阿路師被氣跑，只有他和爸留下來吃得滿肚子都是烤鴨，但味道確實很好。

「爸，到了，就是這！」

「這間的烤鴨很好吃，你們一定會喜歡！」

路揚扶著小春嫂下車，一邊走進店門口，一邊笑著跟所有人掛保證，然後就被路樂用力揉了揉腦袋。

「變鳥窩了啦！」路揚抗議。

「反正弄半天也沒找著媳婦，枉費把你生得這麼英俊，沒用！」

「……」

御書懶洋洋走進客廳，正想續攤，從床改攤到沙發，結果沙發已經被人占據。

「……」

啥情況？

御書傻眼了，姜子牙這傢伙怎麼躺在她家沙發上睡覺？他的家不是就在對門嗎？這是喝醉酒走錯門？但這傢伙根本不會喝酒啊……

「丟回對面去。」御書招來管家。

管家卻比了個「噓」的安靜手勢，然後指指書房的方向。

呵呵，還怕吵著他睡覺呀——搞清楚這到底是誰的客廳啊！

管家露出哀求的神色，美男的誘惑——不，是美男的懇求，御書只得憋著一股氣，憤憤不平地朝書房走，免得吵醒沙發上的大爺！

走進書房，管家立刻解釋：「姜子牙昨晚整夜都沒有睡。」

御書原地爆炸，吼聲震天：「他整晚沒睡和我的沙發有什麼關係？要睡回家睡，就在對面！三公尺！走不動還有你能扛！」

「他不敢回家，詳細情況等他醒來再跟您說，好嗎？」

管家已經聽姜子牙說過大概狀況，但他認為，還是讓對方親口說明，主人或許可以聽出更多細節。

不敢？御書猛一下皺眉，隨後笑開來，幸災樂禍地嘲笑：「呵呵，是那隻小雪出事了對吧？早就跟他說燒死那隻娃娃，燒死！他不聽就是不聽，結果搞到現在連家都不敢回去，活該！誰准他跑來睡我的沙發，自己造孽自己擔，管家，給我把他抬去樓下等垃圾車來回收！」

「似乎不是小雪。」管家輕聲說。

不是小雪？不然還會有啥──喔，慘了。御書癱坐在電腦椅上，無比希望自己是條鹹魚，事不關己，高高掛起。

「出問題的是那個『真』？」得到管家點頭回應，御書已經不想把姜子牙丟垃圾車，不如直接進焚化爐吧！

管家看出主人謀殺的心都有了，連忙緩頰：「那個『真』和姜子牙無關，他根本不明白江姜是如何出現的。」

御書看著自家兒子，「呵」了一聲，突然問：「今年父親節，要不要帶你去挑件禮物送姜子牙？」

管家雙眼一亮，隨後知道不好，立刻垂下眼，淡淡地說：「主人說笑了，我怎麼會有父親呢？」

瞧這委屈的！御書咬牙，她還欠他一個父親不成？

「妳又在欺負管家！看他老實就欺負著玩嗎？」

管庭怒氣沖沖地闖進書房，也不知道在外頭偷聽多久了。

御書一臉滄桑地看著小兒子。對於管家這個傢伙，你居然能說他老實？那麼漂亮的藍色大眼睛原來是睜眼瞎，你自己都比他老實多了好嗎！

她突然有點懷念那個剛誕生時，處處和管家作對的管庭。

「我們還能選擇嗎？」管庭握緊拳頭，委屈又憤怒地說：「睜開眼看見的人是妳，一眼讓我們成虛的人是他，除了母親和父親，還有什麼稱呼足夠重要？」

兒子委屈地排排站在面前，御書扶著額，揮揮手，無力地說：「去收拾客房，你們的爹晚上八成要住下來了。」

「是！」管家和管庭互看一眼，皆在彼此眼裡看見欣喜。

看著高興得活像過年全家團圓的兩兒子，御書癱得更鹹魚了，聊勝於無地提醒：「可別真的喊他爹啊，姜子牙才二十歲就喜當爹，兒子看起來還比他大，真會被你們兩個嚇死，到時別怪我沒提醒你們。」

「是。」管家含笑答應。

「誰會真的叫他父親！」管庭嘴硬得很。

喜當爹．姜子牙，在沙發昏睡到動也不動，全然不知兩枚便宜兒子不時來偷看他睡覺。

直到一股濃郁的牛肉香把人勾醒了，姜子牙揉揉臉爬起來，半夢半醒地說：「姐，幾點了？」

「正好七點晚餐時間，恭喜你達成睡飽就吃的今日成就。」

這哪是他姐的聲音，說話方式也不對！姜子牙瞬間嚇醒，扭頭一看，御書橫癱在單人座沙發，雙腿跨在扶手上，看起來癱得不是很舒服。

他想起來，自己在九歌書店吃完司命做的午飯後就回來了。但人一吃飽，睡意就湧上來，整個人睏得不行，但又不敢回家睡，誰知道睡一半會不會又被掐醒。

這種經驗再來一次，姜子牙懷疑自己會得「睡覺怕被掐醒」恐懼症，只好敲開鄰居的門，借個沙發躺一下。

「跟你姐報備行蹤了沒？」御書可不想半夜聽到姜玉來敲門求救。

「跟姐夫說過了，我說要跟路揚出去。」

御書點點頭，說：「先吃飯吧，事情待會再說。」

姜子牙頓時尷尬了，睡鄰居的沙發，還要吃鄰居的飯，縱使他欠債欠得都不愁了，還是覺得困窘，連忙說：「不、不用，我去外面吃就好了。」

御書臭著臉說：「管家知道你要留下來吃飯，整張飯桌都擺得滿滿的，你不留下來吃，這是要我哭還是要他哭？」

團圓飯呢！御書懷疑姜子牙一走，她那兩兒子真要哭。

聞言，姜子牙只能乖乖說：「謝謝招待。」

坐到餐廳飯桌上，姜子牙才知道御書是真沒誇張，滿桌都是菜，而且看起來都是大菜，自家姐姐完全做不出來的那種，擺盤都能擺出山水畫來。

姜子牙覺得自己需要多多接案賺錢，人情債暫時還不了，至少得請人家多吃幾次飯吧，既然要專門請人家出去吃，那至少不能比管家煮得差，這得幾星級餐廳才夠？

「管家做了一下午的飯。」

御書覺得自己不是鹹魚，是滿漢全席，整個下午都在聞這道菜是什麼，滿身都是飯菜香，真佩服姜子牙可以睡得這麼熟。

姜子牙讚嘆：「管家真是太厲害啦。」

「過獎了。」管家滿眼笑意。

「我也有幫忙。」管庭咕噥，但不敢大聲，他也就幫忙洗洗菜，其他的都不會，但他有去收拾客房！

「謝啦。」姜子牙的稱讚也沒落下管庭，在之前圖書館事件中，管庭接二連三地幫上大忙。

管家管庭這對兄弟，那是必須大大地誇獎，畢竟他暫時能做到的事也只有表達感謝了。

御書看著兩枚蠢兒子喜上眉梢，又好氣又好笑，只能怒吃一大口紅酒燉牛頰肉，真好吃啊……

這頓飯，姜子牙吃得既滿足味蕾，又心情輕鬆，面對同桌的一人兩虛，沒有任何祕密需要擔憂不小心說溜嘴。

吃飽後，姜子牙本想主動去洗碗，但御書朝他招招手，示意到客廳去。

「說吧。」御書終於如願癱到長沙發上。

姜子牙也憋得夠久了，立刻把昨晚被江姜掐醒的經過完整地說一次。

御書立刻抓到重點，追問：「你接觸到魔氣是跟路揚去做案子碰到的？這件事也跟我說說。」

姜子牙想了一想，乾脆把最近幾天的事全都說出來，包含天使、林芝香，還有遇見司命的事情。全說出口後，他覺得比剛才睡一覺還舒服，心中悶氣一掃而空。

「天使趴趴走，魔物沒缺席，神仙在顧家，這聽著怎麼這麼像我書的內容？」

御書鬱悶，外面的世界怎麼越來越危險，還讓不讓人出門了？

姜子牙突然想起自己曾有過的感慨，知道得越多，越不敢出門，當時他還感慨這發言像御書這萬年宅會說的話。

然而，姜子牙的家卻不像御書的家，可以把所有危險都隔絕在外，反倒有著一個個解不開的祕密。

「江姜到底是什麼？」

姜子牙一直在說服自己，江姜就是真的，他姐的寶貝女兒，但有時仍舊忍不住會想，江姜到底是怎麼來的？

雖然對御書感到很抱歉，但姜子牙真的無比慶幸當初他一個衝動撞進御書家。家裡這麼多祕密，他這個有真實之眼能看穿很多東西，卻不知該怎麼處理的傢伙，胡亂來以後到底會產生什麼後果，想想都知道反正不會是好事。

雖然現在好像也沒好到哪去。

姜子牙不禁頹喪起來，到底該怎麼做才能讓家裡好好的？

他可以不需要真相，但不能不理會危險，姐姐可是一整天都和江姜在一起，如今之所以還敢讓姐姐和姐夫待在家，是因為他們似乎不受這一切的影響，只要不說穿，就不會有事。

御書輕拍了拍姜子牙的臉頰，說：「江姜就是你姪女，再給她一點時間，她就會長成小淑女，孩子不都是這樣嘛，要花點時間慢慢教的嘛！你瞧我家管庭剛生出來的時候多皮啊！天天跟他哥鬧，現在卻變成兄控，我念管家一句，他都要急得跳腳。」

誰是兄控！管庭惱得用力一推管家，證明自己不是兄控，是會打哥哥的那種壞弟弟！後者輕笑，氣得管庭滿臉漲紅，轉身回房，門關得乒乓作響，可惜大家都明白那就是個外黑內軟的芝麻糕。

「你家江姜聽起來就是不高興你接觸到魔物。」御書若有所思地說：「這理由倒不是想對你不利，如果我兩兒子跑去接觸魔物，我搞不好也會掐他們一頓。」

聞言，姜子牙哭笑不得，被這麼一說倒真的有點釋懷，那個壓在心底不敢說出口，擔心江姜會傷害家人的念頭。

他忍不住想確認：「江姜掐我一頓就只是生氣我去接觸魔物，其實沒事嗎？」

沒事……個屁！御書謹慎地說：「我看看你的掐痕。」

姜子牙解開釦子。

紫黑色的手印，看著很嚴重啊？御書想了想，謹慎地問：「痛嗎？」

姜子牙這才驚覺不對，摸著脖子說：「不痛，沒什麼感覺。」

「這麼嚴重的掐痕，你應該連說話都會受影響，但是你的聲音完全沒變，這掐痕灌水灌得很嚴重啊，你仔細想想，江姜掐你的時候，真的很痛嗎？」

姜子牙回想，當時他扯開江姜的手，其實並不困難，對方的力氣真的沒有很大，或許比一般三歲女娃來得有力，但也就是那樣而已。

這樣的力氣怎麼可能把他的脖子掐出青黑色手印來？

正不解時，管家遞來一面鏡子，姜子牙愣了愣，接過一照——掐痕竟然沒了！

姜子牙跳起來大呼：「謝了，御書，我就知道找妳是對的！」

不，完全不對，別再來啦！御書想幫他把掐痕補回去。

節之二：追尋

「山林閒居，特地跑到這荒山野嶺來，可不是閒著嗎？」

傅太一十分無奈，雖然有車道，卻是飯店的私人道路，不對外開放，半山腰還有人管制不讓上山，好幾部媒體車也被擋在那裡，只能採訪管制的人，得到「無可奉告」的回答，主播再說一堆揣測的話，結束這則新聞。

傅太一可不能就這麼結束這回合，只得認命地把車停在路邊，徒步穿過一段山林，避開管制後才走回車道，還得時時注意後頭沒有飯店的車路過。

真要找人，山鬼可能比較好找吧？記載說她是個住在山林間的美女，國殤和禮魂就太難了。

傅太一仔細回想姜子牙說的話，話剛說完，電臺廣播就播報山林閒居遲遲不開幕的新聞。

這是近期得到最明顯的線索，爬個荒山算什麼，這地點都還在臺灣呢。之前有個線索似是而非地不甚明確，陳湘和她丈夫就連夜跑去國外確認了。

傅太一咕噥：「陸續找到幾人，過程是不容易，但終究不是做不到的事，讓我以為湊齊九歌不過是時間問題，結果接下來數年完全沒有動靜，難怪過往從未湊齊……唉，給人希望後，再花大把時間漸漸體會到絕望，未免太惡劣了吧？」

若不是姜子牙，傅太一真的很懷疑線索或許還能拖上十幾年，而在時間的消磨下，他還能注意到這一抹稍縱即逝的訊息嗎？

不，十幾年的話，傅太一恐怕早已放棄，畢竟司命他或許根本就沒有那麼多年。

想起司命的狀況，傅太一不由得煩躁起來，明明上了山，怎麼還是這麼熱？

越往上走，越是有股臭味若隱若現，傅太一原本不解，有些戒備這異狀，但地上不斷出現被輾斃的動物屍體，在炎炎夏日下腐爛發臭，越往上走，腐臭味越濃烈。

傅太一不得不注意腳下，免得踩上去，這臭味可能洗都洗不掉。

「遲遲不開幕……」

他皺眉，這事會和山鬼有關嗎？

山林閒居的地點確實偏僻，走到傍晚，傅太一才終於見到屋舍，雖然也有山路太陡峭，他的速度快不起來的因素。

山林閒居不像一般飯店是幢大建築物，而是一幢幢木造屋舍座落在山林間，蜿蜒的小路互相連接到主要道路上，燈光昏暗，這裡的林木並不是原生種，而是重新栽種，有些是漂亮的景觀樹，有的是竹林，全都修剪得整整齊齊。

確實是挺漂亮，只是大山大林的，突然空出這麼一大塊，到底有些突兀。不過這類的突兀或許正是人們要的，誰也不是真的花大錢到「山林」來閒居，樹叢雜草的，光是蚊蟲都能叮到客人逃亡。

利用一個小小的界，傅太一成功從警衛手上拿到房間的電子鎖卡片，他們以為，有個老闆的親戚先過來試住，他的個性孤僻又古怪，不想任何人打擾，無須打掃，也不用送餐，他會自己來拿微波的冷凍餐盒。

離開主建物後，傅太一直接走向靠近山林的屋舍住下，他給自己設定十天時間，若是真找不到，那就只能乖乖回去，日後再來。雖然尋求新同伴的事情很重要，但已有的同伴更是不能失去。

司命的繃帶兩週就必須更換，否則會疼，他出門前已換兩天，保險起見，再留兩天緩衝。

按捺住心中的急切，傅太一沒有立刻踏入身後的山林，時間已晚，晚上的山林並不是好去處，只能待明日出發。

「果真奢華啊。」

傅太一舒服地躺在軟綿的沙發上，研究半天才弄懂，沒有按鍵的電視遙控器到底該怎麼用，原來是用「滑的」，或者直接開口講「打開電視」，厲害了現代科技。

「號稱全臺最奢華的飯店，山林閒居即將在本週末迎來第一批客人，不對外開放，僅提供給VIP貴客……」

聽到新聞，傅太一也是無奈，週末的話，就剩下五天，看來原本要白日外出晚上舒舒服服窩在這睡覺的計畫流產了。

洗澡睡覺！明早天一亮就出發，爭取五天內找到同伴返家。

爬了半天的山，傅太一幾乎是沾床就睡，直到半夜，他無預警地睜開眼睛，打了個大哈欠後轉頭看向落地窗外。

是的，床的旁邊就是一整面單向落地窗，從裡面可以看到外頭，星空點點的庭院本該是很浪漫的景象，這也是飯店設計的初衷。

除非有個人影站在庭院的樹下，一動不動地看著你。

平常人怕不是嚇得當場跳起來叫保全，但傅太一看著看著乾脆改為側睡直視黑影，鼻子動了動，一股若有似無的腐臭味從外頭傳來，但房間全部緊閉，開著中央空調，這味道還能傳進來，外頭得有多臭？

「有意思，這樣的飯店還想迎來第一批客人，呵。」

傅太一輕笑，看看黑影站在那裡完全沒有動靜，他索性也不理會，眼睛一閉就繼續睡。

早上起床，傅太一整個人神清氣爽，這床可真舒服，若不是知道這裡的價格肯定很誇張，一定要帶小東來試試整天賴在床上的愉悅。

傅太一出門前，還特地到出現黑影的樹下看了一圈，本想著白睡人家的床，如果是順手解決的事，那也不妨幫個忙。

結果沒有看見任何異狀。

「不是地點的關係？」傅太一喃喃：「那就是知道這裡有人，才主動找上來？這種就不太妙了喔。」

傅太一想了想，五天很緊迫，沒時間處理這種麻煩事，頂多到時幫忙通知路揚，這種超高檔飯店給的酬勞，就是路揚這樣消極怠工的人都會心動吧。

首日入山林尋找，除了帶回一身的汗，什麼也沒有，傅太一甚至都沒有看見像樣的妖物。一般來說，這種山野地區自然會有山野的傳說精怪，但出乎意料，一片淨空，彷彿這世界根本沒有妖存在。

若不是後來走得深入，終於開始看見小精怪，傅太一的寒毛都要立起來了。

事出反常必有妖……呃，這成語用在這裡似乎不大合適。

傅太一哭笑不得，嘲諷自己濫用成語，壓下失落的心情，走回山林閒居。

到主建物拿微波餐盒時，哪怕傅太一冷著臉，一副生人勿近的模樣，警衛還是忍不住問：「你晚上有沒有看見什麼？」

傅太一斜眼一瞥，故意反問：「黑漆漆的，你要我看見什麼？」

警衛欲言又止，最後陪著笑臉說：「沒什麼，樹上難免有松鼠。」

定期修剪的景觀樹會有松鼠這麼想不開跑來住？傅太一翻了個白眼，外邊馬路上倒是輾死不少隻……說到這個，他想起那股如影隨形的臭味。

「這裡有股臭味，你有沒有聞到？是不是松鼠死在裡面了？」

傅太一當然知道不是，但想藉此確定對方是不是有聞到這股味道。

警衛臉色一變，閃閃躲躲地說：「大、大概是吧，等清潔人員來，我讓他們仔細找找。」

傅太一點頭，走出去後並沒有馬上離開，站在原地聽裡頭的警衛緊張兮兮地交談。

「怎麼又有臭味了？」

「不是說找大師來看過了嗎？」

「根本沒用啊！就安靜了兩天時間，聽說夜班的小伙子又想提辭職，都不知換幾個了，老闆也就不斷騙新人進來，都沒做幾天就嚇跑，這次的小伙子說走在外面總聞到臭味，還感覺有人看著他，幸虧沒像之前看見東西，不然哪還會乖乖提辭職，像之前幾個直接就跑掉，事後有打個電話告知就不錯了。」

「真嚇人，不是說已經要找人來試營運了嗎？」

「那是藉口，之前的大師說沒事了，再找一些氣運強的大老闆來壓壓，把霉氣去掉就行。」

傅太一就說這個狀況怎麼可能開幕，若真處理好了，找人來壓壓倒是一般會有的作法，那些氣運強的人本就不容易撞見東西，找他們來證明已經沒事，可以讓旅館老闆放心。

但如今看來是沒處理好，那些大老闆氣運再強，恐怕也壓不住這種能讓人聞到臭味的妖，嗅覺一向不是妖物迷惑人的首選。

除非大老闆叫做路揚，那倒是還有可能壓住。

第二天晚上，傅太一依舊在半夜醒來，落地窗外，黑影走出樹蔭，女人披著頭散髮，看不清面貌，一身裙裝似乎濕漉漉的，垂貼在腳邊。

第三日，女人橫跨大半庭院，停在假山旁，她垂著頭，一身的泥濘，連黑長髮都沾染泥巴糾結成一團，彷彿在泥地裡滾過幾圈。但即使被泥濘遮擋大半，還是可隱約看到女人身上有多道橫向血痕。

傅太一有點失望，外頭的尋找遲遲沒有斬獲，他本以為這女人或許也是個線索，甚至希望這就是他的山鬼，於是放任之。

但這不可能是山鬼。

山鬼，山林的女神，豈會是這般模樣。

第四個夜晚，傅太一睜眼就見女人站在落地窗外，頭稍微抬了一點起來，沒被黑髮遮住的下半臉竟滿是橫向血痕，一道道皮開肉綻，怵目驚心。

傅太一這次沒繼續入睡，爬起來走到落地窗前，女人身上的血痕不只有臉，似乎全身上下都有，只是被泥濘遮擋大半，否則不知得有多慘烈。

「這是怎麼了呢？」

看多「鬼」的慘狀，傅太一還是忍不住嘆息，雖然鬼的慘狀不見得真的是在生前受過的傷，這麼多道慘烈的傷勢更不可能是真的，否則新聞能連報一個月吧。

所以，這是心中的傷痕嗎？

傅太一輕聲說：「明天妳就進屋了吧？明日也是我最後一天待在這裡，不如順道帶妳走吧？」

傅太一暗自期許，希望明日能夠帶回兩位女性。

最後一天，傅太一不甘心放棄，足足找到日落西山，夜間的山林難以辨認方位，他差點就找不到山林閒居的位置，要慘烈地露宿在外。幸好只是差點，否則傅太一懷疑自己回去起碼得大病一場。

莫非真是巧合而非線索？畢竟姜子牙擁有的是真實之眼，對於找人應當是沒有幫助的吧。

傅太一難掩失落，收拾完折騰一整天的狼狽後，身體雖累，卻毫無睡意，索性窩在沙發上整理思緒，或者該說發呆。

滴滴答……

屋內不斷有水滴在地上的聲音，彷彿有個濕漉漉的東西走進屋內，越走越近，滴水聲越來越大……

待那聲音近在咫尺，傅太一才回過神來，懶洋洋地說：「來了呀？」

冰冷的手緩緩掐上他的脖子。

呵，傅太一輕笑，這女人看著挺可憐，連續四天都只是站在外頭嚇人，他還以為對方就是那種只會嚇嚇人、其實根本不會出手的可憐妖物。顯然，又一次看走眼。

妖物越可憐，危險性越高。

他的手肘往後一撞，從沙發跳起來，順手摘下眼鏡，身形一挺直，原本頹喪的氣質一掃而空，判若兩人。若是姜子牙在此，又能看見那一位優雅高貴的東皇太一。

「吾以東皇之名，命妳現出真身，吾或憐其情可憫，助妳重塑形體，不再困於苦痛。」

女人猛地抬起頭來，臉上的血痕足足有十來道，幾無完膚。即使有這張讓人不敢直視的臉，面上那雙眼睛卻十分清澈，嗓音乾渴地說：「東……」

突然，巨大的黑影撞破落地窗，衝上來抓住女人，同時一腳踢飛沙發。

傅太一愕然，及時朝旁邊一摔，這才沒被沙發撞上。

落地窗是厚玻璃，那沙發更是沉重，是誰竟有如此力氣？

傅太一駭然，想衝去拿背包裡的日芒鳥嘴面具，那身影卻已朝他衝過來，轉瞬即在眼前，避無可避——

節之三：兄弟

「我回來了。」

最後，姜子牙還是沒有留宿在御書家。對於江姜，那是今天不見明天見的，逃避一個晚上沒有多大意義。

進了家門，他有點緊張地左右張望，卻發現兩個小女孩都不在，只有姐姐和姐夫在客廳看電影。

「吃過飯了嗎？」姜玉連忙詢問，深怕弟弟餓著了。

「吃過了。」姜子牙還吃撐了，管家的廚藝真的太好了，讓人胃口大開，一個沒注意就吃多了。

江其兵本有點擔憂姜子牙昨晚那麼晚回來，今天聽姜玉說還早早就出門，但看他的精神似乎還不錯，也就不說什麼了。

「江姜和小雪呢？」姜子牙開口問。

姜玉笑著說：「在你房間睡覺呢，不知為什麼今天一直念著你，只想待在房間等你回來，等著等著就睡著了，我們現在去把她們抱出來吧。」

姜子牙沉默了一下，說：「不用，讓她們睡吧，反正我也要先去洗澡，你們可以趁機好好看個電影。」

江其兵立刻偷偷比個讚。

姜子牙走進房間，兩名小女孩果真睡得歪七扭八，看得出來是等累就地睡著了。

他有些緊張，深呼吸好幾口氣，走到床邊仔細觀察兩人，哪怕是在睡覺，他也能清楚分辨哪個是江姜哪個是小雪。江姜連睡覺都皺著小眉頭，雙胞胎排排躺在床上，實在非常可愛，只要不想到雙胞胎哪個都有問題這點。

「哥哥，你回來了。」

小雪察覺到有人，揉著眼睛，醒了過來。

姜子牙「嗯」了一聲，看著小雪，突然有些感慨，一開始他怕的還是小雪呢，家裡突然多了一個不似人的小女孩，簡直不能更驚悚。結果到現在，小雪反而完全入不了他最害怕的名單。

比起江姜或者是黑影，姜子牙覺得小雪簡直是一尊無害的洋娃娃，當初沒有選擇燒死她，真是再正確不過了。

小雪舉手要抱抱，姜子牙如她願地抱起小女孩。

「哥哥，江姜很多事情都不記得了，有時候會說奇怪的話，然後又忘記自己說過什麼，她不是故意的，你不要怪她好不好？」

姜子牙趁機問：「除此之外，她還有哪裡怪怪的嗎？」

小雪想了想，搖搖頭。

「小雪，妳知道任何有關江姜的事情嗎？」

姜子牙突然想起來，其實小雪應該知道不少事情，畢竟她一開始就知道江姜比她更厲害。

小雪不解地問：「江姜的什麼事？」

「像是她什麼時候出現的？怎麼誕生的？」

小雪困惑地搖搖頭。

姜子牙皺眉，換了個問法：「或者，妳記得自己剛誕生的時候是什麼狀況嗎？」

小雪皺著小眉頭努力思考當時的情況，說：「我醒來的時候就躺在地上，江姜把我撿起來，拿去給媽媽，媽媽就把我放在櫃子上，每天都記得把我拿下來抱抱，最後有一天，她問我要不要當她的女兒，然後我就變成這個樣子，哥哥那天回來就看見我了。」

呵呵，連姐姐也是一堆祕密啊！姜子牙突然又有債多了不愁的放棄感。

「妳們每天在家裡做什麼？」姜子牙想著，既然都問了，乾脆一次解答清楚，免得自己胡思亂想，反而更不好。

「看卡通、玩玩具、畫畫、綁頭髮和換漂亮的衣服……」

聽著小雪一一數著小孩子會做的事情，姜子牙漸漸放下心來，若江姜真的是危險人物，根本不會這麼有耐心地玩小孩的遊戲，還一玩就是好幾個月吧！

「還有聽媽媽說她和哥哥小時候的事，哥哥最喜歡纏著媽媽的媽媽說故事！」

江姜不知何時已經醒了，還忍不住開口插話。

「媽媽的媽媽叫做外婆。」

姜子牙隨口糾正，他倒是不記得這些了。失去母親的時候，他的年紀還小，對母親的印象本來就不深，現在幾乎快不記得對方的模樣，沒想到姜玉還記得這麼清楚。

江姜抓著姜子牙的褲腳，委屈地說：「哥哥，小雪說你生我的氣，因為我欺負你，可是我不記得，真的不是故意的，以後不敢了。」

姜子牙摸著小女孩的頭，一股「不原諒妳又能怎麼辦」的無奈感油然而生。即使如此，有些事還是不能妥協的，他嚴肅地說：「答應哥哥，不管怎麼樣，妳都不會傷害媽媽。」

「才不會！」江姜的反應非常激烈，整個小女娃在床上跳起來，握著小拳頭，宣告般地說：「江姜絕對不會欺負哥哥和媽媽！」

「還有妳爸。」姜子牙可不敢忘了姐夫。

「爸爸也是。」江姜隨意地補上這句。

「那來跟哥哥打勾勾，做約定。」姜子牙伸出尾指，他不知道邀約要怎麼達成，只能試試看，多上一層保險總是沒錯的。

江姜毫不猶豫地伸出小拇指，一大一小勾了勾指頭，達成約定。

至此，姜子牙徹底釋懷，或者該說，乾脆放飛了，反正不管怎樣，他姐都不會放棄江姜，她連小雪都不肯放了！

既然如此，那就不妨信一次，省得整天活在緊張害怕的情緒裡，累得慌。

「妳們可以自己在這裡玩一下嗎？讓爸爸媽媽在外面看電視，妳們不要去打擾他們，哥哥先去洗個澡，十分鐘就好。」

天氣太熱，外出後，姜子牙總感覺自己整個人是餿的。

兩名小女孩點點頭，姜子牙正打算走向浴室，突然聽到江姜說：「哥哥也答應江姜不要再做危險的事，好嗎？」

「有的事情還是得做，沒辦法。」姜子牙只能老實回答，斬妖除魔這業務怎麼都不能說安全吧。

江姜一臉不高興，從脖子摘下一條項鍊遞過去，說：「這個給哥哥，可以保平安喔！」

「……謝謝。」姜子牙哭笑不得地接過那條銀鍊，墜子是小小的和平鴿，而且鍊子頗細，並不怎麼適合他一個人高馬大的男生。

一錯眼，那鴿子好像搧了搧翅膀，但等姜子牙定睛，又不動了。這狀況對姜子牙來說一點都不奇怪，有翅膀的東西會動，簡直再正常不過了，不管那是石頭雕的還是金屬刻的。

江姜催促：「哥哥快點戴上，以後出門一定要戴喔！」

聞言，姜子牙苦惱了，他突然靈光一閃，將鍊子纏在手腕上，當成手鍊，總算勉強能看了，大概吧。

再次想進浴室，手機卻響了，是路揚打來的電話。

「子牙，你還好嗎？」路揚的聲音有些小心翼翼。

姜子牙連忙說：「很好呀，今天在床上睡一天，醒來以後，頭完全不疼了，怎麼了？今晚有案子要做嗎？我去沖個水，十分鐘就可以出門！」

「啊？所以你是真頭疼嗎？」

不是真頭疼，但姜子牙決定當作這就是真的了，反正他本來就是被江姜突然一掐的後果搞到頭疼得不得了。

「是啊，不是跟你說頭疼嗎？本來以為得躺幾天，結果睡一睡就突然又好了，現在已經沒事啦！可以繼續做案子。」

電話另一邊，路揚心中咕噥：原來是誤會一場，難道是看見邪物引發的頭疼？這倒是真有可能，八成真的很疼，姜子牙這拚命三郎才會說出要休息幾天的話來。

路揚頓時後悔自己沒多關心一下，還好姜子牙睡睡就沒事了，這要是有事呢？

怎不說話了？姜子牙不解地問：「到底要不要出門，你倒是說一聲，發什麼呆？」

「不用，沒案子要做，我媽剛回來呢，正在檢查我做過的案子，還有手上待做的，說什麼要給我來個全面檢查——這又不是家庭作業！」

想了想劉易士總掛在嘴邊的老婆如何如何，姜子牙真的好奇了，提議說：「你之前好像說過要我去清微宮拜拜？那我明天過去怎麼樣？」

順便看看路揚家那位傳奇老媽到底是什麼模樣。

「行，你過來拜拜老君也好，來之前先打個電話，確定我沒出門就好，我老媽就是個行動派，說不定看到某個案子，感興趣就拉上我出門。」

說完「明天見」，掛斷電話，姜子牙不意外地看見江姜皺著眉頭，還追問：「那是誰？」

「你見過的路哥哥，還記得嗎？」

「不記得。」江姜搖頭。

姜子牙倒也不奇怪，印象中，江姜好像確實沒怎麼見過路揚，他說了句「妳們乖乖在這裡玩」，轉身就去洗澡。

「是路樂家的？」

姜子牙一僵，老半天才做足心理準備，轉過身面對現實。

「哥哥你不是要去洗澡嗎？」

江姜不解地抬頭望著姜子牙，彷彿她剛才根本沒有說過什麼奇怪的話。

姜子牙張了張嘴，最後什麼話也沒提，只無力地說：「我去洗澡了。」

剛到清微宮，姜子牙首先就去拜拜。捻過香來拜拜，誠懇地請求老君，讓他全家都可以好好地過日子，不求其他，只求平安健康。

轉過身去，就看見路揚站在背後，笑容大大的，連姜子牙都覺得被閃到眼睛，這是真的帥啊，可惜沒機會當明星。

但帥哥何其多，不缺路揚一個，道上可就很缺又強又不斂財的好道士。

「幹嘛？這麼開心？」

姜子牙看出路揚真的很高興，想想，大概是因為路媽媽難得回來吧。看路揚嘴上總嫌棄得要命，但不管是劉易士或者路樂回來，路揚永遠都很高興。

路揚搭著姜子牙的肩，笑著說：「開心啊！你沒事了，那我這幾天又有人可以壓榨啦，還以為得自己苦哈哈地跑案子。林芝香也恢復得不錯，我阿公答應讓她跟著我當學徒，她多加加油，或許過陣子，我就有正式弟子啦！」

「恭喜啊。」

姜子牙不懂二十歲就有個徒弟，徒弟還和自己一般大，這到底有什麼好開心的。想想若有一個同自己一般大的人要認他當師父，他感覺挺窘的，但路揚自己開心就好。

路揚感慨：「希望她能早點出師，那就有人可以分擔案子了。」

即使沒出師，三人一起辦案，也好過自己在半夜孤身一人面對妖物，那樣的日子一久，真是孤獨又心累。

原來如此。姜子牙懂了，找他幫忙寫作業，找林芝香幫忙分擔案子，路揚這傢伙就沒變過啊！

他伸手用力揉揉路揚的腦袋，以示報復，但出乎意料，這次路揚沒慘叫他的頭髮又亂了。

路揚反而斜眼一瞥，老神在在地說：「我媽她動不動就揉我的頭，今天的頭髮隨便抓抓的，沒花時間。」

看來大家都有毀滅路揚髮型的惡趣味。

「走吧，跟我爸媽吃頓飯，我奶煮了一堆菜，真的是滿滿一桌！我媽也很想看看你。」

又是滿滿一桌。姜子牙覺得自己到處被餵食，幸好最近跟著路揚到處跑，活動量不小，不然成為高大胖的未來指日可待。

兩人進了宮廟後院，一張圓桌已經擺在大樹的樹蔭下，眾人皆已入座等候開飯，連林芝香都沒落下。

見狀，路揚連忙拉著姜子牙上前。樹下倒是挺涼爽，雖然溫度還是高，但風竟是涼的，姜子牙發現連日來的燥熱感都消退不少。

見眾人看過來，姜子牙立刻規規矩矩地打招呼：「阿公阿嬤、劉叔叔、路阿姨，早安，我是姜子牙，是路揚的大學同學。」

因為有個沒見過的路阿姨在，他乖乖地再次自我介紹。

「真好。」路樂不客氣地打量著姜子牙，人挺高，但身形單薄，所以不會因身高而給人壓迫感，說話挺有禮貌，看著很溫和，整體倒是挺順眼的。

路樂頗滿意，笑說：「楊佳吟還真取『姜子牙』這個名，她真敢。」

不，等等，這名字不是他爸取的嗎？怎麼原來是媽媽嗎？

「叫啥叔叔阿姨，我跟你老母講過異性結婚同性結拜，當然是沒有那麼硬性規定啦，如果是異性就先試試看能否結個良緣，但是同性結拜，今嘛看起來根本就無問題，你們兩個自己就先相識了，真有緣！」

聞言，姜子牙那是真窘了，他家是雙胞胎啊，怎麼路揚差點要成他姐夫了嗎？想想要叫這傢伙姐夫，就感到一陣惡寒！

「你是阿揚的兄弟，那就是我兒子囉，要叫乾爹乾媽。」路樂揉揉腦袋，手感不錯，很滿意有第二個腦袋可以揉。

姜子牙錯愕，他怎麼來吃個飯就有乾爹乾媽了？

路揚悶笑，緩頰說：「媽，你嚇到他了啦！哪有人一見面就認乾親。」

「在肚內就認下啦，是真的啊，跟楊佳吟講好的！」路樂理直氣壯地說，反正不管怎樣，這顆腦袋她是揉定了。

姜子牙有些不知所措，只好看向路揚，對方也是一張苦瓜臉，面對固執的老媽，他實在沒轍，都忍不住抓抓腦袋，自己把髮型抓亂了，看著比姜子牙還無措。

見狀，姜子牙反而平靜下來，見路樂很堅持，神情看來是認真的，不是隨口說說，他倒了杯飲料，站起來敬酒，坦率地開口喊：「乾爹、乾媽。」

喊完又看見阿路師和小春嫂，他也不懂認乾親到底得喊到哪一輩，又喊：「阿公、阿嬤。」

「哎，真乖！」小春嫂笑咪咪地回應。

阿路師瞥了他一眼，慢吞吞地舉杯喝了口茶。

路樂看見這口茶，驚訝了一下，笑說：「乖兒子，快坐下來吃飯，看你瘦得像一根桿子，快吃，不准吃得比阿揚少。」

姜子牙乖乖點頭說「好」，心下覺得又是一個要多多接案的好理由，多動動才不會胖，要不然在家有姐餵，對面有管家，現在又多了路家！

貨真價實，阿嬤養的！姜子牙不想自己變成影片中一隻隻阿嬤養出來的大胖狗。

一坐下來，林芝香真心地祝賀：「恭喜你多了好多親人。」

姜子牙搔搔臉，雖然不免窘迫，但確實是有點開心呢……

一扭頭就看見路揚正看著他，本是觀察的神色，但一看姜子牙轉頭過來，他立刻笑得露出大白牙。

「……你今天是想閃瞎我的眼？」

路揚一臉親哥笑，和藹地說：「怎麼會呢？我的乖弟弟。」

姜子牙的雞皮疙瘩都起來了，提醒對方：「你確定自己比我大？」

路揚回想兩人的生日，驚悚了，他好像確實不比姜子牙大啊！連忙改口：「差、差不到一個月呢，這哪有差，反正是兄弟，不用分什麼哥哥弟弟吧。」

姜子牙送他一對大白眼，眾人都笑了起來。

吃飯途中，姜子牙問了問林芝香的狀況，確定對方就是有點沒力，其他都好，又跟她說公寓五樓的女孩戴著十字架，上頭有個「好」字就是她給的祝福。

「怎麼會是十字架呢？」林芝香不解地咕噥：「我信太上老君的，這十字架不太對吧？」

路揚不在意地說：「因為那女孩信教會，對她來說，祝福應該來自於十字架，所以妳的祝福就順勢附在上頭了，這沒有什麼關係，不會牴觸。」

林芝香點點頭，問：「那我是不是也可以給你們兩個祝福？」

即使給一個祝福要躺幾天，她也覺得這代價再小不過了。

路揚想了想，說：「妳可以跟我爸學，應該比學我畫符咒更合適。」

聞言，不只林芝香，連姜子牙都感覺有點奇妙。嗯，信仰太上老君，跟神父學祝福，這感覺真是略微妙呢！

「好，那就拜託劉叔叔了。」林芝香心情複雜地同意。

劉易士笑咪咪地應下。

路揚提醒：「等妳真的熟練以後，再來祝福我們也不遲，我們時常在辦案，這祝福消耗的速度應該會很快，妳總不能祝福完就天天躺在床上。」

除了這個理由，路揚不敢說自己深怕祝福沒到手，就先中詛咒呀！

「好。」林芝香決定要刻苦學習祝福，她一個天煞孤星，現在居然能給人祝福，還有比這更好的事嗎？

吃完飯，在清微宮的院子走幾圈消消食，姜子牙覺得燥熱感消失無蹤，整個人精神煥發，好像有用不完的精力，積極地問：「路揚，有案子要做嗎？」

「一大堆，等我媽看完就繼續做。」路揚懶洋洋地說，長年辦案，他的積極早消磨光了。

姜子牙「喔」了一聲，問：「下午還是晚上出發？」

晚上出發的話，他還能去九歌開一下午的店，姜子牙總是有點擔心老闆這書店要開不開的，能撐下去嗎？

「晚上吧，案子多，我媽得看一陣子。」

「那我先去九歌開店。」

「我也一起去吧，反正沒什麼事，我媽一回來就埋在案子裡，叫都叫不動，根本沒空理我。」

「好的，我的乖弟弟。」

「……」

小春嫂走到大殿，正想隨手清掃一番，卻發現香爐中有柱香的狀況不太對，趕緊上前查看。

「這香怎麼熄去呀？上香的人真無注意，香有燃無燃都無災。」

阿路師正好走出來，一聽就皺眉，說：「拿去再點一次，拜拜求平安後再插。」

小春嫂一愣，她向來知道丈夫做事有深意，沒問什麼就照著做了。

插完香，空手低頭拜拜，一抬頭——

三支香，只剩一支還燃著。

見狀，小春嫂不敢再說什麼無注意，這事明顯不對了，她走回阿路師身邊。

「安怎？」

「剩一支有火。」小春嫂老實地回答，覺得這兆不祥，但又不敢隨便開口說話。

阿路師喝著茶，沒再有什麼指示。

這時，小春嫂終於想到這炷香是誰插的，頓時更憂慮了，剛認的乾孫啊，人那麼好那麼乖……

見小春嫂苦著臉，阿路師不耐地說：「緊張啥，還有一支咧！」

聞言，小春嫂想想，也是。

還有一支呢！

殤九歌

CH.5 九歌

節之一：糾纏

大半夜，謝培倫不知為什麼突然醒過來，本想翻個身繼續睡，卻在換方向後，在窗外看見人影，他嚇得呼吸都暫停一瞬，立刻想起這是二樓，房間外面也沒有陽臺，不可能有人直立在外頭。

謝培倫想哭，但又完全不敢動彈，只希望這是一場惡夢，快醒來快醒來快醒來！

閉著眼不敢看，他慢慢地把棉被拉上來蓋住頭，躲著默默流淚，不敢發出一丁點聲音。

謝培倫抓緊棉被，整個人縮成一團，甚至還用力捏了自己好幾把，痛得眼淚流得更凶了，疼還能忍，最慘的是因此發現這絕對不是夢啊！

在緊張到呼吸都不敢大聲的狀況下，一切動靜都被放到最大，開窗戶的細微滑軌聲響，有什麼東西刷過的聲音，拖沓的腳步聲……

謝培倫像隻鴕鳥，只要埋好頭不看見就沒事，死命抓著棉被，緊閉眼睛。

腳步聲就在床邊停下，大熱的天，謝培倫包著棉被，卻感覺到無比寒冷。

這時，棉被突然被用力地拉扯。

「不要！走開！救命啊——」

他忍不住發出尖叫，更死命抓住棉被不放，但一個國小孩子的力氣能有多大，掙扎沒多久後，棉被還是被一把用力掀開來。

謝培倫失去最後一層包覆，又感覺有手摸到自己身上，蜷曲著抱頭尖叫，完全不敢張開眼睛看。

「培倫、培倫，你怎麼了？別怕，是媽媽在！」

媽媽？謝培倫張開眼，發現房間已經亮了燈，面前的人果然是媽媽，連爸爸也來了，兩人的神色都非常慌張和擔憂。

「媽媽！」謝培倫立刻撲進媽媽的懷裡，死命抱著不放，眼淚流得更凶了。

「培倫，到底怎麼了？發生什麼事？」

謝媽媽險些沒嚇死，睡到一半突然聽見兒子在尖叫，還以為之前的誘拐犯又來抓她兒子了，衝過來一看，幸好兒子還在，不然這是要刨她的心肝啊！

謝培倫哭得上氣不接下氣，不敢回頭看窗邊，哭哭啼啼地說：「爸爸媽媽，有、有鬼啊！就在窗戶外面！」

謝媽媽先是愣然，隨後和丈夫一同看向窗外，但窗簾正拉上，根本看不到外面。

謝爸爸蹲下來安撫兒子，說：「你是做惡夢了吧？別怕，沒事的，爸爸媽媽都在這裡陪你。」

才不是做惡夢！謝培倫都還能感覺到大腿被捏的疼，哪種惡夢可以在夢中捏自己還不醒來！

謝媽媽說：「你看看窗戶，窗簾拉著呢，根本看不到外面。」

謝培倫一愣，有父母在，他的底氣大了很多，怯怯地轉頭往窗邊一看，窗簾果真是拉上的。

這怎麼回事？他滿頭霧水，難道真的是惡夢？

「做惡夢而已，不要怕。」

「反正我不要自己睡！」謝培倫緊抱住媽媽，就算覺得自己很幼稚，但是他是真的嚇壞了，幼稚就幼稚吧！

「好好，媽媽陪你睡。」謝媽媽無奈地說。

若是之前，她是絕對不會放任兒子這麼大了，還膽小地要求陪睡。但在經歷兒子被拐走不見，而後才僥倖找回來的事件後，她自己都怕了。醫生也說孩子可能會留下很大的陰影呢！多陪陪他又怎麼了？

「妳啊，就寵著他吧！」謝爸爸搖頭，但只是嘴上念念，完全沒阻止妻子的意思，他也擔心兒子啊！

謝媽媽用一對白眼送丈夫離去。

「不要關燈。」謝培倫躺上床，忍不住開口要求。

「好好，不關。」

嘴裡哼著不成調的小曲，拍著兒子的胸口，哄他入睡，謝媽媽還真是有點懷念。

小時候的培倫就喜歡聽著這亂哼的小曲入睡，直到後來上小學了，漸漸不要媽媽陪睡，抱怨著他都這麼大了，還被媽媽哄著睡覺，會被同學笑的。

謝媽媽笑看兒子睡著的臉，這機會只會越來越少而已。看了一會兒，她翻個身看向窗戶，確定窗簾確實還拉上，這才關了燈入睡。

然而卻輾轉難眠，半夢半醒，始終無法真正入眠。總覺得哪裡不太對勁，或許是睡一半醒來，已經沒了睡意？

她睜開眼，想去拿手機打發時間。

窗外，立著一道黑影。

她就如兒子一般，瞬間想到這裡是二樓。

「啊——」

「子牙哥你怎麼來了？不是說——」

傅君不解地看著姜子牙，後頭還有路揚，這不奇怪，他家工讀生常常買一送一。

「因為沒什麼事就過來開店，你今天怎麼不用上學？」

姜子牙連忙開口打斷，他昨天剛跟司命說這幾天不會來，深怕被傅君拆臺，只好使出轉移話題之術。

「今天是禮拜六，本來就不用上課啊！」小學生理直氣壯地回答。

原來如此，真沒注意到今天已經是週六了，姜子牙覺得自己過得很墮落，連時間都搞不清楚。

「我下午都會在，你可以不用待在店裡，晚上再回來接班就好。」

傅君點頭說：「好啊，那我去找培倫，他之前一直說想去看新上映的電影。」

「哪部啊？」姜子牙隨口問，雖然之前沒怎麼看過電影，主要是經濟拮据，往後倒是可以考慮偶爾去看一下。

傅君揪緊眉頭思考，不確定地說：「培倫好像說電影裡有可愛的怪獸。」

「動畫片嗎？」

路揚無言地提醒：「這禮拜上映的新片裡有怪獸的，只有《X斯拉》，那種能毀滅世界的大怪獸。」

還真是可愛的怪獸啊……

傅君無所謂地說：「毀滅世界的大怪獸好像還比較有趣，我還以為要看一堆毛茸茸的小動物。」

「我寧願這電影充滿毛茸茸的小動物，雖然怪獸片還是比鬼片好。」

路揚關注電影多半是想知道最近大家在看什麼，要知道，幻妖常常來源於人們集體的想像，雖然大多不會造成危害，但總有例外，否則他哪來這麼多案子要跑。

他關注最多的類型還是鬼片，畢竟怪獸在大家認知中，終究是不太可能出現的東西。但鬼這種東西，信者恆信，不信者雖說恆不信，但很少人能夠斬釘截鐵地否定世間有鬼。

路揚只要看到又有詭譎無解型的鬼片上映，就很想給導演編劇寄枚去運符，尤其是拍得好的，要寄更多枚！

像貞子那種看錄影帶出事的鬼片，紅透半邊天嚇壞一堆人的年代幸好是錄影帶時期，若是放到現在網路時代，影片一放上網，看的人以萬計算，路揚真的很懷疑自己還有沒有辦法解決。

雖然可能會被導演打，但路揚還是深深地希望不要有太出名的鬼片，麻煩啊！

「對，不要鬼片！」傅君點頭同意，雖然立場不同，但他也不喜歡鬼，又噁心又喜歡嚇人，他不只一次警告傅太一，不要把那種鬼或者像鬼的妖物帶回家，直接送走，不然立刻翻臉沒話說。

大學生和小學生互看一眼，惺惺相惜。

「那以後就不看鬼片了。」姜子牙也再贊同不過，對他來說，現實就夠恐怖了，不需要去看鬼片，立刻將鬼片永久從片單刪除！

路揚滄桑地說：「正好相反，稍微有點名氣的鬼片就必須看，不然鬼一出，我都不知道它是從哪部電影裡出來的，通常會躲在什麼地方，找鬼的時間比看一場電影還長。」

姜子牙無言，將鬼片從刪除片單又移到必看名單。

「你們加油，反正我這輩子都不要看鬼片。」

傅君這話引來兩人羨慕嫉妒恨的眼神，小學生大度地不理會可憐的大學生，逕自打電話給謝培倫。

「培倫，我不用顧店了，下午去看你說的怪獸片吧！」

「嗚，小君，救命啊！」

謝培倫一接到電話就忍不住哽咽地求救，雖然知道不應該跟對方求援，都是小學生，難道他能要求傅君去捉鬼嗎？但想到以前也是小君跟他說不要走某條小巷，結果一走就真的出事，說不定小君真的有辦法呀！

「你該不會又被抓了吧？」傅君震驚，他這位同學到底有多倒楣啊？不知道路揚家的廟有沒有賣幸運符？

「沒有，我在外面的速食店，還有我爸爸媽媽。」

傅君無言了，人在速食店，爸媽還在旁邊，然後哭著跟他求救？

謝培倫小小聲地，彷彿深怕被什麼東西聽見，說：「小君，我、我家有鬼！」

喔，鬼呢！剛剛他們正在討論的麻煩東西。

傅君責罵：「不是跟你說過被抓走是很可怕的經歷，很可能會害你得什麼妄想症，要放寬心情，不要想太多，否則產生幻覺，又要看醫生了喔！」

當時，謝培倫被道上人抓走，他本就有些天賦才會成為目標，在那次事件中又看見不少東西，如果不引導他忘記，說不定以後真的會一直看見東西，正是所謂的「開天眼」。

傅君覺得謝培倫這麼膽小，開天眼是要嚇死他嗎？所以一直引導著他忘記，成果也很不錯，怎麼突然又說見鬼了？

「可是我媽媽也看見了！」

傅君沉默，他知道謝媽媽，很溫柔和氣的婦女，絕對不神神叨叨，如果連她都看得見，看來是真的有鬼了。

「你把整個情況說一下。」

傅君把手機放在桌上，開了擴音鍵。

清微宮最強道士在這裡呢。

聽完整個過程，路揚拿著手機搜搜找找，咕噥：「最近沒有鬼片上映。」

傅君補充：「培倫都跟我一起上下學，最近沒遇到什麼事。」

路揚乾脆地說：「地址給我，讓他們晚上幫我開個門，我跟子牙過去看看。」

「謝囉。」傅君跟謝培倫交代完，想想又問：「路揚哥，我可以跟去嗎？」

路揚點了點頭，沒有反對。

姜子牙突然想起來，問：「司命不是死神嗎？讓他去超渡鬼呢？」

「司命就是司命，死神只是死者自己想像的引渡人的模樣。」傅君不開心地坦承：「太一不在，我不夠能力輔助司命出動。」

這時，姜子牙突然不合時宜地想起傅太一和傅君不是親父子的事，難怪傅君總是「太一太一」的叫，原來是這個緣故。

「我去速食店找培倫。」

傅君背起書包就走，同學哭得太可憐，去陪陪他也好，順便先跟謝家爸媽吹噓路揚這個道士有多麼厲害，晚上的工作會比較好展開。

在傅太一的刻意栽培下，傅君可是人生經驗豐富的小學生。

姜子牙熟練地打開廣播電臺，打開店門開始營業。

「全臺最奢華的飯店山林閒居，本週末首次迎來貴客，我們可以看見接送車輛相當高級……」

「最近一直聽到山林閒居這四個字。」姜子牙皺皺眉，說：「廣告打真大。」

路揚正打開一部鬼片，生無可戀地看片，隨口說：「想住嗎？哥哥帶你——」

他突然想起什麼，閉嘴了。

姜子牙「呵呵」兩聲，年齡大二十天就是愉快！

整理著書籍，姜子牙忍不住看向樓梯，心想著司命不知道在做什麼？改天路揚不在，再上樓找他聊天吧，還是其實可以問問司命想不想認識路揚？好像也沒說不可以吧？下次就問！

路揚看到一半，突然嘆息：「喔，有讀心術又有偽裝能力的鬼。」

更生無可戀了。

姜子牙想了想，安慰：「別怕，管家也快要是有讀心術又有偽裝能力的吸血鬼了，以後可以找他幫忙。」

「……沃草！」

想了想，路揚乾脆把剔叫出來，面無表情地說：「升級吧，要不然剔將來可能砍不動這些妖魔鬼怪了，記得刀刃要弄鋒利一點。」

你還指定呢！

姜子牙和路揚這對搭檔可真有趣。

看著監視器畫面，聽著兩人吐嘈對方，司命看得忍不住莞爾，最後有些不捨地關掉監視器畫面，重歸一個人的孤寂。

他沒有偷窺的意思，只是傅君單獨看店的時候，他總是會打開樓下的監視器，以免有意外發生，他可以及時救援。

雖然傅太一在九歌書店有種種的布置，歹人不可能在這裡傷到傅君，但他們的東君年紀小，總是要多看顧一些。

司命靜靜地看著書，偶爾，耳邊會迴盪哭泣聲和哀求聲，或訴說著他們失去生命的怨恨，或懇求得到救贖。

天堂或地獄，死神與天使，對於死後的去路，人們的心中早自有評斷。

救……救救……

但今天這個求救聲似乎特別堅持，求援的聲音持續不斷。

司命看著書，卻絲毫讀不進去，耳邊充斥著細微虛弱的求救聲，這有點不尋常。

傳太一出門不在的時候，總是會布下阻隔更強的界，好讓司命可以不受到過多的干擾。要知道，有些聲音不平息，司命甚至沒辦法休息。

雖然最強的界還是免不了有聲音一閃而逝，但那都是瞬間爆發突破界的封鎖，往往就那麼一兩句話而已，不是這種聽著柔弱，卻持續不絕的聲音。

對方的狀況一定非常慘烈吧？想起之前引渡的那些，一個的狀況比一個更可怕，司命深呼吸一口氣，不捨地表達歉意：「抱歉呢，現在還沒辦法救你，必須等東皇返家，請你稍微等一等好嗎？」

聲音安靜一瞬，隨後突然爆發。

不行——

唔！司命猛地抱住頭，忍住劇烈的音量在他的腦中爆炸。

「原來還是會凶的。」

好一陣子後，司命才緩過來，揉著仍舊生疼的太陽穴，無奈地苦笑。

過後卻不再有那道微弱的求救聲音，莫非是爆發後就徹底消逝了嗎？也好。

司命幽幽地嘆息，心中永遠都有不捨，但聽得多了，總是能忍下來的。

就如太一一直跟他強調的，目前他的能力有限，不能回應耳邊聽見的所有哀求。

至少在湊齊九歌之前不能。

司命重新翻起書頁，讀著御書的吸血鬼，期待著哪天真的湊齊九歌，說不定他還能去看看真正的管家先生。

救……救救……

聲音，再次響了起來。

節之二：山鬼

「我看到一個黑影，它就站在窗外，那是二樓啊，又沒有陽臺，怎麼可能站人，而且還一動也不動，看不清楚臉，可絕對是個人影，不會有錯，那並不是什麼樹的倒影，那是一個人！」

謝媽媽激動地描述自己看見的東西，丈夫還是半信半疑，或許是聽兒子說過黑影的事情後，於是自己也做夢了？

但兩人都嚇壞了，謝爸爸無奈，天一亮就帶兩人出門吃早餐，然後謝媽媽堅持要去拜拜，將周圍知道的廟宇全都拜了個遍。

路揚點點頭，追問：「還有嗎？能夠想起任何細節都好。」

忍了忍，謝爸爸最後還是忍不住問：「你真的是道士？」

雖然傅君再三強調路揚真的是很厲害的道士，但傅君是自家兒子的同學，小學生會認識很厲害的道士，這點本身就很奇怪呀！

路揚十分習慣面對質疑，熟練地解釋：「我是清微宮的道士，有道士證的，你可以上網搜尋清微宮，應該可以看見我的照片。」

謝媽媽馬上就查了，親眼看見鬼站在窗外，她比謝爸爸更想找一個真正有用的道士，否則都不敢回家睡覺了！

在一篇「跟你鄭重推薦全臺最帥道士」的文章下面，看見這位道士的照片，身上確實穿著道袍，雖說是顯眼的亮黃色，但色調極好，看著沉穩不突兀，而且這道袍穿著非常挺，上頭的太極八卦圖是刺繡的，穿起來顯得莊嚴肅穆。

照片的取景看得出是偷拍，但拍的角度極好，顯然是偷拍小能手的作品，最後出品的照片帥得不輸任何明星。

「……」雖然是真的道士，但心情還是好微妙呢。

「那就進去看看吧。」謝爸爸看妻兒這麼恐慌也不是個辦法，就算黑影只是夢，讓道士進來晃一圈，安安心也好。

進屋後，路揚先在客廳到處查看，同時也是讓姜子牙有機會跟著到處看。

路揚朝姜子牙看了一眼，得到點頭回應後，就對眾人說：「客廳看著沒什麼問題，你們可以先安心待在這裡。」

聽到這話，謝培倫總算肯稍微放鬆死命抱緊傅君的手，後者覺得自己的手被抱得都發麻了。

「這樣就沒問題了嗎？」謝媽媽茫然地說：「不用拿什麼東西檢查一下？像是羅盤？」

路揚覺得現代人電影看多了有點煩。

姜子牙開啟管庭模式，開始胡說八道：「我們的路揚路大師是清微宮的直系傳人，也是百年來最有潛力的道士，根本不需要借助外力，他用火眼金睛一看就能找出妖魔鬼怪！」

聽到這話，路揚還能怎麼著，只能保持百年來最有潛力道士的高冷範。

謝培倫弱弱地問：「路揚哥，我們不能等你處理完再回家嗎？」

路揚一口否決：「最好不要，目前還沒有辦法確定那黑影出現是因為地點，還是纏著人不放，如果它是纏上你們了，你們離開這裡反而會把鬼怪帶走，我在這裡只會一無所獲。」

謝家人打了個哆嗦，立刻說：「我們留下來！」

路揚問：「你的房間在哪裡。」

謝培倫一比房門，隨後就縮進傅君的背後。

謝爸爸在一旁看得十分無言，你說你不找爸爸，也不靠道士路揚，卻抓著傅君不放，這是怎麼回事？你的小學同學還能給你安全感不怕鬼了？

「你們待在這裡。」

路揚和姜子牙兩人進了房間，倒是也不需要四處查看，房間並不大，家具也少，桌椅、床和一座小衣櫃，甚至都不需要轉頭就能一眼看清楚。

「窗臺上有乾掉的水痕延伸到床邊，你有看見嗎？」

姜子牙一眼就看見不對勁。

路揚皺眉說：「我的火眼金睛今天大概狀況不好，眼瞎中，你說了以後，似乎是有道痕跡沒有錯。」

「是泥水痕跡，看著很髒。」姜子牙不解地問：「鬼怪這類的東西，你不是看得最清楚嗎？」

路揚皺眉說：「嗯，應該要看得很清楚才對，或許因為只是水痕，不是鬼的本體，所以才看不太清楚？總之注意一點吧，別離開我太遠。」

姜子牙趕緊跟上路揚的腳步，對方走到窗邊看著玻璃窗，還朝玻璃呼了口熱氣，看看玻璃有沒有被寫上文字，卻是一無所獲。

路揚打開窗戶，先是往上看，確定沒有繩子會突然跑出來套住自己的脖子——這是確實發生過的事情——然後才探頭出去查看。

低頭看看牆壁，連個踩腳的地方都沒有，頂多有些裝飾小突起，但那太窄了，不可能讓人直挺挺地站在上頭。

兩人到處搜查完畢，又站了一會兒，最後還模仿謝培倫看見黑影的姿勢，直接躺到床上去，全都毫無動靜。

路揚從床上爬起來，說：「恐怕時間也是一個要素，半夜三點左右陰氣最重，許多妖魔鬼怪都在那時候活動，先出去跟他們說我們要留下來。」

最後決定，除了路揚和姜子牙，其他人都搬棉被到客廳去，或睡沙發或打地鋪。

謝爸爸本想提議睡主臥，但是遭到謝媽媽和謝培倫一致反對，主臥室有一片落地窗，方位和謝培倫的房間一模一樣，他們才不要睡在那裡，又不是想看見黑影的全身！

謝培倫苦苦懇求：「傅君，你可以留下來住嗎？」

傅君倒也沒有自作主張，回頭看著路揚，得到同意後說：「好，我先打個電話回家報備一下。」

見傅君要留下來，路揚也不用煩惱他和姜子牙該不該留一個人在客廳，傅君年紀雖小，在這麼近的距離看顧一下，應該還是沒有問題的。

看來，同伴果真很重要啊！希望林芝香早點好起來，多一個人手多一分方便。

兩人又回到謝培倫的房間。

「現在應該是要假睡吧？」

姜子牙覺得有點難，現在離半夜三點還有段挺長的時間，真躺著不動，他搞不好真的會睡著啊……

「睡啊，幹嘛不睡？」路揚語重心長地說：「找到時間就要睡覺，接下來還要念兩年書呢，你該不會覺得自己可以白天上課晚上抓妖，完全不需要睡覺就撐過兩年吧？」

撐兩年？兩天就極限了吧。姜子牙有些憂心地問：「但我們睡覺的時候，要真的有鬼出現怎麼辦？」

路揚躺了個舒服的姿勢，說：「謝培倫和他媽媽只是受到驚嚇，黑影甚至沒有出手攻擊，面對婦人和小孩，那黑影都只有這樣的能耐，如果我們兩個大男人醒著等它，它應該有很大機率不會出現。」

有道理。姜子牙躺下來安然入睡，反正警戒那種事不是他的業務範圍。

最後喚醒兩人的卻不是黑影，而是尖叫聲。路揚反射性一聽到聲音就跳起來，剔同時被喚出來，在他一鼓作氣衝出房間的時候，姜子牙才剛爬起身來。

傅君抱著謝培倫，一看路揚出來，立刻比向主臥室的門口，快速解釋：「剛才我聽見培倫的叫聲，爬起來看的時候，主臥室的門開著，黑影就站在那裡，但我一個眨眼，門又是關上的了。」

謝媽媽和謝爸爸一臉茫然，其實兩人什麼都沒來得及看見，但謝媽媽一聽到黑影又出現了，而且還直接站在他們的臥室，嚇得都要暈倒了。

路揚打開主臥室，剔率先衝進去，那黑影已經站在落地窗前，眼見就要閃出去了，路揚立刻喊：「剔，斬了它！」

房間不大，剔一個衝刺就到黑影跟前。

這時，姜子牙正好衝進主臥室，才看一眼就急喊：「剔，住手！」

剔堪堪停在黑影的前方，差一點就要刺進去了，這時，黑影又是一閃身，已在落地窗外頭。

「別走！」姜子牙急得高喊：「我們不會傷害妳！」

黑影靜止不動了，就這麼直立在窗外。

路揚冷靜地問：「那黑影是什麼？」

幾次默契下來，他知道姜子牙喊停必定是有理由的，所以停得很果決，但這不會讓他減少警戒心，姜子牙畢竟見過的妖物少，或許有時會錯判也不一定。

有些危險的妖，外表卻是一副無害的樣子。

姜子牙張了嘴，卻不知道該怎麼說，他忍不住回頭看向傅君，卻也同時看見謝家夫妻，這一次，連謝爸爸都看見黑影，嚇得臉色蒼白。

他只能說：「先關門，免得鬼怪的煞氣影響到他們。」

路揚一個揚眉，俐落地腳後踢把門踹上，這事當然和煞氣無關，只是要阻隔謝家夫妻的視線。

姜子牙看著黑影，躊躇地問：「妳跟他們是一起的嗎？」

他們？路揚壓下滿心的疑惑，不打斷姜子牙的問話，只暗自警戒，免得黑影突然來個回馬槍傷到姜子牙。

「妳為什麼要纏著謝培倫？」姜子牙真的是不解這點，「妳真要纏也該纏著傅君吧？難道是找錯人了嗎？」

路揚的瞳孔一縮，明悟「他們」指的是誰，沒想到事情竟和九歌有關，但想通以後倒覺得挺合理，畢竟謝培倫就是一個老實小學生，整天就跟在傅君的屁股後面跑，能去哪裡招惹這種東西。

這時，身後突然傳來房門開啟的聲音，路揚立刻讓剔繼續警戒，自己則轉身應對。

卻是傅君走進來，還記得把門帶上，沒理會身後的謝家人正訝異地看著他。

「子牙哥你剛剛看了我一眼。」傅君有些難過地問：「其實是我給謝培倫惹來的麻煩，對嗎？」

進不去……

三人同時驚訝地看向黑影，這是說話了？

「進不去什麼？」傅君不解地問。

路揚若有所思地說：「姜子牙剛剛問他為什麼要纏著謝培倫，而不是去找你。」

知道這個問題後，傅君立刻懂了，臉色一變，說：「它進不來九歌書店，太一在那裡架了界，沒有東皇印記的妖物進不來。」

傅君看向黑影，就算知道對方進不來九歌，所以才轉而找上謝培倫，但他還是很不高興，因為自己的因素，害得同學嚇個半死。

「我就是九歌的東君，你找我有何事？如果沒有要事，我一定會懲罰你，竟敢糾纏我的同學，把他嚇得半死，你——」

姜子牙突然開口阻止：「別這麼說話。」

傅君莫名其妙地看著姜子牙，不這麼說話，難道還要好聲好氣地對待一個嚇人的妖？對妖物友善的太一都不會這麼要求他！

姜子牙說：「你仔細看，黑影應該是你們的一員，她是一名女性，穿著打扮與東皇和司命的衣服很像。」

東皇和司命穿的衣服差那麼多，怎麼放在一起說了？

傅君不能理解，既然姜子牙是說東皇而不是傅太一，應該是指玄袍古裝吧，而司命為了不讓衣服摩擦皮膚生疼，不都是穿著很寬鬆的亞麻衣褲嗎？這兩套風格年代差超遠的！

雖不解，但傅君沒有打斷對方說話，而是耐心地聽下去。

「她的狀況很不好呢，有點嚇人，你不要被嚇到了。」

那黑影在姜子牙的注視和解說下，竟然漸漸現出樣貌來，真的是名女性，一頭黑髮糾結成團，加上渾身泥濘，根本看不清樣貌。最為可怕的是，她露出的少許臉部皮膚以及衣服竟全布滿橫向刀痕，皮開肉綻，狀況慘不忍睹！

但傅君終於明白為什麼姜子牙會這麼篤定她是九歌一員，雖然這女人的衣服相當殘破髒汙，但這身衣飾的樣式很明顯是古風，風格和東皇太一的衣裝相當類似！

傅君卻不知道，姜子牙一看就很確定這黑影的衣裝和九歌是一組的，畢竟他之前就看過兩套九歌的衣裳，東皇太一的玄底金邊袍，司命的灰底銀邊袍，現在還要加上這女性的白底紅帶裙。

知道又找到一名成員，傅君還是挺高興的，雖然害謝培倫遭受池魚之殃，以後再想辦法多多補償他好了！

「太一到處在找你們呢，這還是第一次有九歌成員主動找上門來，沒有東皇太一，妳到底是怎麼啟動傳承的？」

聞言，路揚很想轉身離開，傳承祕辛不該隨便外洩啊！

傅君低聲喃喃：「難道也是跟我哥哥一樣，生死關頭為了救我，才被逼出來的嗎？」

喔，還有個哥哥為了救他而死。路揚面無表情地假裝自己的耳力沒那麼好，聽不到那些「喃喃自語」。

路揚不確定地問：「你確定她真的是九歌一員？你和傅太一都是人，這個肯定是妖。」

又沒有說一定是人。傅君突然想起來這件事不該說出來，傅太一說過，畢竟很多道上人是看不慣妖的，若是知道他們九歌有妖與人平起平坐，恐怕會惹來大麻煩，所以嚴格禁止說出去。

「不是妖，是神吧。」姜子牙突然說。

不要亂說話！路揚險些氣吐血，什麼神，看過神差點被剔戳穿的嗎？

「她是山鬼，山林女神啊。」姜子牙理所當然地說，當初查的資料就是這麼說的。

山神？路揚訝異了，這倒是真有可能，所謂的山神有時候便是大妖，守護著自己的山頭，有時也願意接受供品，庇佑山裡的村民。在古時，這便是山神了。

「真的是山鬼嗎？」傅君驚訝地脫口想確認，他記得傅太一明明說過九歌中最難找尋的一員就是山鬼，結果對方自己送上門了。

「山鬼」二字一出，對方微微抬頭，從糾結成團的縫隙隱約可見一隻眼睛，非常澄澈美麗的黑目。

救……救救……

「要怎麼救妳？」姜子牙開口問，他有點看不下去山鬼的慘烈狀況，到底是誰能夠這麼殘忍地對待她，這可是山林女神啊！

救……救救……東皇。

傅君臉色一變，連忙追問：「妳說救誰？」

話的尾音剛落下，山鬼卻再次成了黑影，一閃神便消失無蹤。

節之三：上山

「我們明天再去謝培倫的家裡等山鬼出現，跟她問清楚到底為什麼要說『救東皇』！」

回到九歌書店，傅君還是氣急敗壞，那個山鬼竟然丟下這麼一句讓人緊張的話，然後就消失了，就算是同伴也不能原諒！

姜子牙思索著說：「我覺得她應該不會再出現了。該怎麼說，她看起來很虛弱，最後說完『救東皇』那句話後，好像是無以為繼了，這才直接消失，應該不是故意不把話說清楚，她的狀況實在太慘了。」

「她不是死掉了吧？」聞言，傅君惶惶不安，傅太一那麼希望可以湊齊九歌，要是知道山鬼死掉了，到底會有什麼反應呢？

姜子牙也無法肯定，那密密麻麻的血痕，是人的話早就死了，如果是妖……嗯，不知道。

傅君咬著下唇：「我去問司命！」

他「登登登」地迅速爬上樓，覺得不對，回頭一看，路揚和姜子牙都站在原地。

「快點上來呀！」

路揚遲疑了，他覺得自己不該摻合進九歌的事情，但是姜子牙恐怕無法置身事外，所以他又不願自行離開。

姜子牙則是想到司命的狀況，如果山鬼對路揚來說就是個大妖，那司命又算是什麼？

他連忙提示傅君說：「你先去問司命，說不定他並不想我們上樓。」

傅君愣了下，正想說這都什麼時候了，太一說不定有危險呢，東皇若不在了，九歌什麼的還有意義嗎！

「我下來了。」

一個溫和的聲音從臺階上傳來，伴隨著緩慢沉穩的腳步聲。

等司命出現在三人面前，路揚一震，但他到底見多識廣，沒有對司命可怕的外貌露出異樣。

姜子牙卻是震驚到脫口說：「司命你怎麼變成這樣！是被攻擊了嗎？傷得這

麼嚴重，不用去醫院嗎？」

聞言，路揚有些莫名其妙，雖然司命全身都纏滿繃帶，但總是要露出眼睛嘴巴來，從露出的少許皮膚來看，這傷肯定不是近期發生的事情。

「我原本就是這副模樣。」司命微微一笑，解釋：「火災毀了我的身體，若不是太一在加護病房找到我，恐怕我根本活不下來。」

就算活下來，這也不是正常狀態了吧？路揚發現這繃帶竟纏滿全身，寫滿密密麻麻的咒，居然得用這麼多咒來壓抑，實在難以想像對方的痛苦有多深。

剛剛才看見一個滿身血痕的山鬼，現在又是全身繃帶的司命，這九歌到底怎麼回事？

姜子牙震驚得幾乎說不出話來，好好一個謫仙般的司命，再次見面竟成全身毀容又纏滿詭異繃帶的模樣，司命卻說他原本就是這樣？

自己的眼睛到底看見什麼了？

「司命，你知道太一去哪裡了嗎？」

傅君快速地把山鬼出現，而且要他們去救東皇的事情說了一遍。

聽到這話，司命幾乎是立刻確認自己聽了一整天的求救細語，就是這位山鬼發來的警告。可惜九歌書店的界太強，她始終沒能表達清楚自己的意思。

難怪到半夜，求救細語就停了，山鬼是改去謝培倫那裡嘗試了吧。

「傅太一去找的成員就是山鬼，他並沒有詳細告訴我地點。」說到這，司命看見姜子牙，突然想起來了，說：「但他提過是姜子牙給的線索。」

「我？」姜子牙一頭霧水地說：「我今天才看到山鬼，怎麼可能給老闆線索。」

路揚有些不爽傅太一終於還是利用姜子牙的真實之眼了，但他自己又有什麼資格責備對方？剔如今幾乎是一把實體劍，這不也是姜子牙的功勞？

雖然路揚是被動接受姜子牙的幫助，但不管怎樣總是受惠了，他心情複雜地說：「可能只是依靠你的能力注意到線索，不是你直接給出山鬼所在的地點。」

姜子牙回想最後一次看見老闆的狀況。

「那天，老闆突然跟我說很多九歌的事情，我們還討論剩下的成員要怎麼找，我好像說過，其中最好找的人恐怕就是山鬼了吧。」

然後傅太一就去找山鬼了！聽到這，傅君燃起希望，見姜子牙沒有繼續說下去，他急得催促：「然後呢？」

「沒有然後啊，我放了個書，老闆就不見了。」

司命詳問：「你說到山鬼時，太一他當時一定注意到什麼線索，所以才會突然離開店裡，姜子牙你想想看還有沒有什麼細節。」

「書店裡面還能有什麼線索？」

姜子牙很努力地回想，那時老闆坐在櫃檯，整個人頹喪得不得了，根本連動都沒動，他還能在櫃檯看到山鬼在哪裡的線索？就算是旅遊書，也離櫃檯遠得很。

「你那時打開廣播電臺了嗎？」

路揚開口問，他很清楚姜子牙做事的順序，總是會先去開啟廣播電臺，傅太一坐在櫃檯能得到的線索，有很大機率是在廣播聽見什麼。

「開了！」姜子牙恍然大悟。

司命立刻說：「我現在就去查當時的廣播是什麼，網路上應該會有重播。」

「那就快點去！」傅君著急地催促，恨不得現在就能出發去找傅太一。

姜子牙開口篤定地說：「不用查了，老闆去的地方是山林閒居。」

最近，他總在廣播聽見山林閒居，但是這幾天根本沒聽過多少次廣播，所以當天一定也聽見這個地點了。

山鬼，山林閒居。

難怪老闆消失的速度那麼快，是急著去找山鬼了吧？姜子牙總算明白為什麼老闆總在搞失蹤，原來只要注意到一點線索，就會直接跑去找同伴了。

地點知道了，接下來就是救援問題，能夠扳倒東皇太一的人想來也不是簡單人物，如果沒有組織足夠的人手，就怕沒救出人，還得再多陷幾個進去。

「你們應該有人手能去救老闆吧？」

姜子牙沒忍住偷看路揚一眼，雖然他和老闆關係好，但他根本沒有什麼戰鬥力，反倒路揚是一大戰力，但是這件事情跟路揚毫無關係，要求路揚去救人是沒道理的事。

司命皺著眉頭說：「湘君和湘夫人在國外的古城遺跡，地點很偏僻，他們在找國殤，幾天內恐怕聯繫不上，就算聯繫到人，他們還得排班機回來，那地方太偏僻，班機很少。」

「雲中君的傳承最不完整，他對九歌的事物不熱衷，一直很少過來，太一也沒多管他，只說等湊齊九歌，雲中君的傳承自然會完整，到時他自己就會來了。」

算一算，司命發現若要立即出發救援，人選竟只剩下他和傅君，但他是絕對不會在無法保證小東君的安危之下，將他帶去危險的地方。

孤立無援，司命不得不看向路揚。

被傅君和司命用懇求的眼神盯著看，路揚頭皮發麻，唯一慶幸的是姜子牙並沒有用同樣的眼神懇求他，果真是好兄弟，沒有推哥哥入火坑！

但即使姜子牙沒有開口，路揚也知道自己還是得去，因為姜子牙一定會去！剛認的兄弟馬上用實力坑哥啊！路揚嘆了口氣，無奈地說：「救傅太一可以，但我可不幫你們找山鬼。」

這九歌的傳承十分詭譎，他不會去阻止對方找人，但也不想幫忙湊齊九歌，有山鬼大妖，有司命這個不知還能不能算得上大活人的狀態，這傳承要是完整了，這兩人得變成什麼模樣？

路揚覺得驚悚。

司命鄭重地說：「多謝，九歌欠你一份大人情。」

聽到這話，路揚緊繃的心終於放鬆了點，至少還知道注重人情，總歸壞不到哪去吧？

「我要先回去準備道器。」

順便擲筊問問太上老君，這九歌到底幫得幫不得？

拉上姜子牙，路揚可不肯留對方孤身在這裡。

路揚皺著眉頭，想想做了個小修正，將提問中的傅太一改成東皇太一。

「老君在上，弟子路揚是否應該去救東皇太一？」

一擲，結果還是笑筊。

路揚拉來姜子牙，再問一次，但這次在弟子路揚的後頭加上姜子牙。

結果老君又送他一個笑筊。

這是什麼情況？為什麼老君要給他笑筊，可以就聖筊，不可以就陰筊，結果笑筊？

連三個笑筊？路揚總覺得老君在笑他！

路揚瞄著姜子牙，思考是不是該換對方去擲筊問老君。

「跑大半夜到早上才回來，有認真喔！」

路樂早聽見兒子在擲筊，這一大早就在吵老君，頗有乃母之風。

路揚一看見老媽，緊接著老爸也出現了，他突然明白老君為什麼送他這麼多笑筊。

「老君在上，弟子路揚是否可以帶弟子路樂、劉易士和姜子牙去救傅太一？」

聖筊。

老君果然是在笑他！爸媽都在這裡，傻兒子還不會求援，可不是欠嘲笑嗎？

路揚立刻喊：「媽，拜託妳跟我去救個人，老君已經給聖筊同意了。」

路樂敏銳地發現不對，逼問：「老君要你帶我們一起去？案子竟然這麼大條，先把代誌說個清楚！」

路揚一愣，只能開始說昨晚去幫忙看個鬼，結果是山鬼，最後還牽扯九歌的傅太一可能出事的消息，九歌的人懇請他們出手救援。

「媽，這個九歌傳承到底是怎麼回事？妳有聽過類似的事情嗎？」

路揚實在不懂這傳承是什麼，臺灣並不常遇見這什麼傳承的事情，若不是阿路師對九歌似乎沒有敵意，否則路揚肯定把他們當作某種邪教，然後要姜子牙遠離傳太一。

姜子牙也補充說：「我第一次看見司命的時候，他穿著古裝，皮膚也是完好的，根本不是現在這個全身綁繃帶的模樣。」

聞言，路樂偏心先回答剛認下的乾兒子姜子牙。

「那應該是你的眼睛加上九歌書店的特殊，所以才讓你看見那個司命應當有的模樣，但是這次見面的人太多，你受到其他人的影響，才無法度透過眼睛看見他的真實樣貌。」

姜子牙懂為什麼兩次看見的司命不同，但還是不能理解真實之眼是怎麼回事，大家包括司命都知道自己就是纏著繃帶，為什麼他看見的神仙就是真實樣貌了呢？

路樂轉頭對路揚說：「至於你講的傳承要問你老爸，他比較了解這一類的事情。」

劉易士見有自己發揮的餘地，連忙靠上來解釋。

「國外有些守護靈是可以代代傳承下去的，有些是挑選出來的人選傳承，有些純粹依靠血緣，我猜想，九歌也是同樣的意思，只是他們的傳承方式真的是比較特殊，在國外也沒有幾件比他們更獨特的傳承。」

這麼獨特的傳承到底是好是壞？路揚看看姜子牙，很想叫這傢伙不要去，反正也沒戰力不是？

姜子牙看懂路揚的眼神，連忙說：「我得去救老闆，但你不一定要去，你不用因為我就勉強去救老闆。」

話一說完，就得到路揚奉送的大白眼。

路樂笑說：「別緊張，既然老君同意去救他，應該也不是壞的傳承。」

聞言，路揚放心許多。

眾人開著當初去接機的大車，給傅君小朋友打了個電話，轉個彎去接他和司命上車，隨後一行人浩浩蕩蕩地上山。

然後就被攔在半山腰，管制的人不讓上山，氣得傅君小朋友都想下車咬人了。

他們只能停在管制大門前商量該怎麼辦，各打各的電話求外援，看看有沒有誰的外援擁有足夠的特權讓他們上山。

「真臭呀。」

外國人劉易士暫時沒有認識特權人士，索性連電話都不打了，專心聞聞不對勁的味道，這味道隱約有點熟悉，他和路樂曾經下過一個墓去救援困在裡面的考古團隊，那墓裡的屍體都乾了，味道不算太重，但總是有股不好聞的味道，現在一直瀰漫不散的味道幾乎就是當時的屍臭味。

難怪那個太一會陷在這裡，這裡可真不對勁。劉易士心中感慨，既然是來找同伴的，說不定連個趁手的器具沒帶。

姜子牙坐在窗邊，他也是無特權人士，索性東張西望，看看有沒有哪邊不對勁。低頭一看，就見道路上滿滿都是小動物，只是跟可愛毫無關係，個個形貌悽慘，被輾碎的，或餓成皮包骨。

大多數都像山鬼一般，渾身沾滿泥濘，山區似乎下過雨，道路還是濕的，不難想像這泥濘是怎麼來的。

姜子牙看得很不忍，乾脆抬頭看山壁，上頭的樹木挺少，全都罩著網子避免落石。

突然有一兩塊小石屑滾下來，砸到下面的小動物。

被砸到的小動物先是愣愣地沒動彈，但隨後就一口氣全部暴動起來，往山下衝，同時，頂上傳來「轟隆轟隆」的聲響，姜子牙抬頭一看，巨大的石塊夾雜著泥水沖刷下來，瞬間淹沒——

「子牙，你沒事吧？看見什麼了？你臉色好蒼白。」

路揚拍拍姜子牙的肩膀，不解怎麼他打個電話的功夫，姜子牙就滿身大汗，看起來好像受到什麼嚴重驚嚇。

姜子牙回過神來，卻沒理會路揚，探頭到車外看地上，果真是一地沾滿泥濘的小動物，濕漉漉的地面，再抬頭往上看，山壁罩著網子……

「衝過去，現在，馬上！」

姜子牙的聲音之淒厲，眾人都愣愣地看著他。

劉易士開動車子，趁著一輛接駁車輛通過管制大門的時候，猛踩油門衝上前去，險之又險地插在對方的前方，硬擠過去，還逼不得已擦到一些車身。

警衛和接駁車中的人都目瞪口呆地看著這一幕，一時沒反應過來，面前的箱型車就開得不見蹤影了。

「衝！再衝快點！」

姜子牙簡直要瘋了，他剛才的幻覺很短暫，實際只有一瞬間，根本無法判斷到底多久後會發生，但肯定不會太久。

劉易士抿緊嘴唇，彎曲的山路並不好開快，一個不小心就得出事，但他相信乾兒子的眼睛，不開快一定會有更危險的處境。

車子在山路上飛快地奔馳，所有人都緊抓任何能抓住的地方，司命更是不顧皮膚生疼，緊緊把傅君抱在懷裡。

最終，頂上傳來「轟隆轟隆」的聲響。

姜子牙抬頭看了山壁一眼，轉頭看著路揚，對方已經把剔叫出來，只是車內空間不夠，剔只能橫躺在半空中不動。

姜子牙緊盯著剔，左眼中那塊藍亮得車內眾人紛紛側目。

姜子牙斬釘截鐵地說：「路揚你的身手超級好，還有剔會幫你，剔不只能斬妖除魔，它還是一把無堅不摧的寶劍，它能救你離開，所以如果你有機會能逃，千萬不要遲疑，至少有你可以逃過一劫！」

路揚瞪大眼，說不出半個字來，他完全不明白怎麼突然就到這地步了？

前座，在聽見轟隆聲後，劉易士瞬間就明白了，這是——

山崩！

極度危險的處境，他卻極度冷靜，繼續踩著油門往前衝。

落石開始掉下來，伴隨著大量泥濘，車內眾人立刻明白這是什麼狀況，但也只能抓緊車內任何能抓的地方。

遠遠地就看見幾塊巨大的落石掉下來，但劉易士根本不能停，因為後面已經是一片土石流傾瀉而下，雖然停車能夠不被落石砸中，但後面就會被泥流淹沒！

他紅著眼踩足油門，在心中不停默念「我的主，祈求祢的憐憫」。

車子衝過去，卻還是不夠快，劉易士現在陷入極度冷靜，他看得出這巨石必定要砸中他們，卻是無可奈何，一時間眼都紅了，拚命壓下想撲到旁邊保護妻子的衝動。

一聲難聽的鋼鐵撕裂聲，剔穿破車頂衝出去，上方傳來巨大的爆裂聲，震得所有人耳鳴又頭暈目眩。

劉易士也感覺到一陣頭暈，差點要握不住方向盤，這時另一雙手扣住他的手，幫他牢牢抓住方向盤。

「Lewis Hunter 你給老娘撐住！」路樂喝道：「一家人的命全都在你手上，給我撐住！」

劉易士趁著這一瞬喚出聖書，施展祝福，精神一振，繼續踩油門衝刺，完美彎過每一個山路彎道。

直到抵達廣闊的空地，應該是停車場，山壁離得有點距離，也不再有土石泥流，劉易士這才停下車子，手已經僵到放不開方向盤了。

脫離冷靜後，他的心跳猛然跳得飛快，全身都在顫抖，簡直不知道自己剛才怎麼會有能力、又怎麼敢把車開成那樣，只要一個失誤就不是拓海，是填海啊！

「沒事了，老公你做得真好！」路樂撲過去抱住劉易士，後者把頭靠在妻子懷中，聞著對方的體香，這才感覺好多了。

車上所有人都嚇癱，完全說不出話來，縱使在場的人都曾經歷生死關頭，但面對毀天滅地般的天災，還是嚇得渾身發軟。

過了好一陣子，眾人才緩過神來，紛紛走下車。

一下車，路樂就直直地朝姜子牙走過來。

見狀，姜子牙湧上濃濃的愧疚，低頭道歉：「對不起，我真的不該拖你們來。」不管要打要罵都可以，他絕對不會閃躲！

司命一驚，連忙說：「這是我們九歌的錯——」

路樂大力抱住姜子牙，許諾：「姜子牙你以後就是我的親兒子，楊佳吟親自來都搶不走！」

路樂不認為遇到山崩是姜子牙的錯，太上老君都出聖筊讓他們來，顯然知道會化險為夷，雖然這險是真險中險啊……她路家人心會這麼大，完全是老君教的！

在山崩危急時，她看清楚姜子牙的品行，這到底是多好的孩子唷。在那當下的反應，居然是用能力強化剔，要路揚藉此逃走，這種孩子不趕緊認下當親兒子，被搶走多可惜啊！

姜子牙一股熱淚湧上來，回抱了抱路樂，還趁機偷擦擦眼睛。

「好，妳是親媽！」

喊完親媽，姜子牙想到路揚，又覺得對方應該會不高興吧，突然多了一個親兒子分享他的媽，一轉頭看見路揚，他果真對自己慘笑——然後指了指旁邊的剔，一臉的無可奈何。

剔完全是一把真劍了呢！不不，這劍還繚繞著霧氣，怎麼也該給一個仙劍之名。

路揚苦惱了，先不提以後大庭廣眾都不能偷偷叫剔現身，這連一般人都看得見了好嗎！

只有道上人在的場合，也不能叫剔出來，這年頭哪來的仙劍啊，叫出來是要讓別人羨慕嫉妒恨，然後合力圍毆他喔！

姜子牙沒好氣地說：「剔救了我們呢！它現在這樣很好，真的，不然你轉身看看背後的飯店。」

所有人一愣，這才從土石流驚魂記中回神，想起他們上山的目的是要來山林閒居救傅太一。

回過頭一看，山林閒居就在不遠處，整個小區籠罩在濃濃的霧氣之中，即使是大白天的陽光都照不進那層霧氣，看起來極為不祥。

——《殤九歌．上冊》完

殤九歌

後記

殤九歌

在《人娃契》和《以神之名》後，本次開了新的篇章，《殤九歌》。

看這個名稱就知道和《九歌》有關係，目前不想限定是兩卷還是三卷結束這一回合，九歌這組人的內容很多，要看看故事的節奏，來決定要將九歌眾人的故事描述得多深入。

畢竟九歌有九位，真要細細寫完所有人的故事，御我擔心這本書的主角感覺會像換了一組人似的。

這本書加入許多溫馨的元素，比較多日常和細節描述，是為了圓滿重要角色的性格和日後發展，非常有必要，希望大家不會因此感覺太拖沓，御我也會努力拿捏其中的度。

想讓大家看更多角色的小細節，讓他們更加有血有肉，但又擔心會太拖延劇情，御我會努力掌控其中微妙的平衡點。

也希望大家可以多來跟御我說說看完的感覺，是否喜歡這些小細節等等。

劇情方面，因為還有很多未解答的謎團，無法說得太多，要等到下一集，揭露的事情多了，才有辦法跟大家好好聊聊這方面的安排和感想。

說完劇情方面的事，御我想跟大家道個歉，深深地一鞠躬。

非常抱歉最近的書間隔這麼久。最近，御我遇到寫作以來最大的瓶頸。

其實近幾年來，在速度上就有點拖慢，但仍打著精神努力寫，最終還是停下腳步，不知該怎麼走下去。

其實無法很確切地用語言說明自己到底怎麼了，看著稿子腦中卻一片空白，無法專注在寫故事上，甚至寫著寫著就覺得自己的筆法怎麼看怎麼怪，種種問題，好像哪裡不太對，卻又不知道哪裡不對。

用盡很多方法想改善，最終只能說寫了十多年後，我確實需要休息一陣子，吸收更多東西，整理所有思緒，以及……大徹大悟吧？

這段期間，大家等書的哀怨我都看見了，非常難過與自責，整個人幾乎陷在低潮谷底，只能更努力看很多故事，研究題材相似的漫畫和影集，感覺一點一點慢慢好起來。

直到有一天，莫名就突然——啊，我想寫故事，非常想！

殤九歌

然後就開始寫故事了。

整個人感覺像是度過一道人生道路上的巨坎。

爬出這個巨坎後，突然有種天下無難事的感覺。

就是想寫故事。

御我一直希望，自己的書可以成為各位讀者在人生道路上的美好陪伴。

然而，在御我寫書的這條道路上，也是各位讀者一直在陪伴我。

感謝有你一路相伴。

御我會繼續努力寫出更好看的故事，讓這段彼此相伴的記憶越來越美好！

BY御我

高寶書版集團
gobooks.com.tw

輕世代 FX01008

殤九歌(上卷) 幻・虛・真3

作　　者　御　我
繪　　者　九月紫
編　　輯　謝夢慈
校　　對　任芸慧
美術編輯　林鈞儀
排　　版　彭立瑋

發 行 人　朱凱蕾
出　　版　英屬維京群島商高寶國際有限公司臺灣分公司
　　　　　Global Group Holdings, Ltd.
地　　址　臺北市內湖區洲子街88號3樓
網　　址　www.gobooks.com.tw
電　　話　(02) 27992788
電　　郵　readers@gobooks.com.tw（讀者服務部）
　　　　　pr@gobooks.com.tw（公關諮詢部）
傳　　真　出版部　(02) 27990909　行銷部 (02) 27993088
郵政劃撥　50404557
戶　　名　三日月書版股份有限公司
發　　行　三日月書版股份有限公司/Printed in Taiwan
初版日期　2019年9月

國家圖書館出版品預行編目(CIP)資料

殤九歌：幻.虛.真 / 御我著.-- 初版. -- 臺北市：
高寶國際, 2019.09-
　冊；　公分. --

ISBN 978-986-361-714-3(上卷：平裝)

863.57　　108010306

三日月書版

三日月書版

GOBOOKS
& SITAK
GROUP©